커리어코치도 커리어가 고민입니다

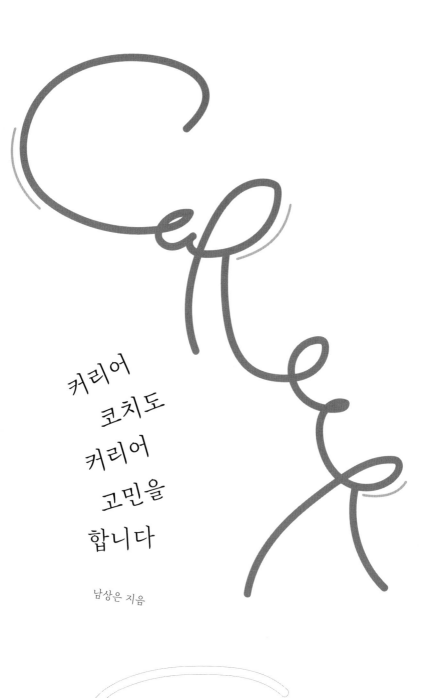

커리어
코치도
커리어
고민을
합니다

남상은 지음

고객 추천사

가끔 우리는 자신만의 공간에서도 물건을 잃어버리고, 또 찾지 못해 골머리를 썩이곤 합니다. 마찬가지로 누구보다도 가장 잘 알고 있다고 생각하는 자기 자신임에도 커리어나 미래 설계 속에 자신을 놓아 보면 막막하기 일쑤입니다. 전문적인 도움을 받을 수 있는 동시에 '답은 스스로가 가지고 있다'라며 마지막 조각을 남겨주는 시간, 남상은 코치님과의 커리어 코칭은 자신도 모르는 자신을 찾는 동시에 자신이 알고 있는 자신도 정돈해 보는 좋은 기회였습니다.

김의현 / 서울시 청년활동지원센터

"혜인아, 너의 고유함이 유능함이 되는 곳에 네가 있기를 바라." 저의 고유함이 어느 곳에서는 유능함으로, 또 어느 곳에서는 유별남으로 드러나는 경험을 하면서 혼란스러웠던 제게 남상은 코치님이 해주신 말씀입니다. 어른에게도 어른이 필요하다는 사실을 알게 해 준 코치님과의 코칭은 나의 모든 생각과 마음을 털어놓을 수 있는 시간이었고, 현명한 어른과 진심이 담긴 대화를 할 수 있는 시간이었으며 삶과 저 자신을 향한 태도를 전환할 수 있는 시간이었습니다.

정혜인 / 직장인

지금까지 진로 코칭을 받았던 건 단순한 테스트를 해서 점수를 내고 진로를 찾는 방식이었습니다. 그렇게 단순히 점수를 가지고 제안한 진로, 직업을 보았을 때 정말 마음에 안 들었는데 이번 진로 코칭을 통해서 나눈 많은 이야기는 큰 도움이 되었습니다. 제가 가지고 있던 힘을 찾게 되었습니다. 나름 제 장점으로 노력을 하는 것에 재능이 있다고 생각하고 있었는데 그 노력에 대해 '목표를 달성해내고, 하고자 하는 걸 해내는 힘을 가졌다'라고 표현받은 게 인상 깊었습니다.

H / 한국체육대학교

처음 코치님과 만나고 첫 코칭 날부터 저는 정말 많이 울었습니다. 제 얘기를 들으면서 저를 바라봐주시는 코치님의 눈동자와 그 눈빛이 너무 깊고 따뜻했기에. 경찰 시험 합격을 위해 하지 말아야 할 것들을 모두 하지 않고 다 끊어내면서 공부했는데, 코치님과 만난 시점에는 처음으로 학원생 몇몇 분들과 인사하기 시작할 때였습니다. 이때의 전 "이렇게 사람을 사귀게 되면 합격과 멀어질 텐데 너 아직도 정신을 못 차렸구나"라고 생각하며 저 자신을 엄청 비난하는 상태였습니다. 그런데 남상은 코치님께서는 이 얘기를 들으시더니 "살기 위한 방법을 선택한 거네요. 힘이 되겠어요."라고 말씀해주셨고, 이 문장은 공부하면서 괴롭고 외로웠던 것을 모두 치유해주는 말이었습니다. 코칭 대상자에 대한 공감 능력, 애정, 그리고 상대방에게 정말 진심으로 존경한다고 표현할 수 있는 그 자신감과 멋짐이 다른 누구와도 비교할 수 없는 코치님만의 특별함이라 생각합니다.

K / 청년재단

대학교에서 진로 코칭 프로그램으로 처음 코치님을 뵈었습니다. 낮은 자존감, 우울증으로 프로그램을 그만두려는 때에 코치님을 만나게 되었습니다. 남상은 코치님은 지금까지 부정적으로만 생각했던 행동의 긍정적인 면을 스스로 찾을 수 있도록 도와주셨습니다. 또한, 나 자신조차도 몰랐던 모습을 세심하게 발견하고 긍정해주셔서 코칭에 꾸준히 참여할 수 있었습니다. 코칭전에는 자신을 불안한 인생 방관자라고만 여겼지만, 코칭 후에는 가능성을 발견하는 인생 주도자를 발견할 수 있었습니다.

보리차 / 숭실대학교

코치님의 코칭은 나에 대해 생각해 볼 수 있었던 소중한 시간이 되었고 누군가가 나를 믿어주고 응원해주고 있다는 사실을 알게 해준 뜻깊은 경험이 되었습니다. 남 코치님의 코칭은 두가지 점에서 도움이 되었습니다. 먼저는 내면의 소리에 귀를 기울여 타인을 향해 유연하게 사고할 수 있었다는 점입니다. 제가 모르고 있었던 감정, 성격들을 발견하게 되었고 그 점을 인지하게 된 시점 이후부터 사람들과 어울리는 태도부터 달라지고 타인을 그대로 인정하는 법을 배웠습니다. 다음으론 믿음의 힘을 느낄 수 있었습니다. 코칭 도중 자주 들었던 표현은 '내가 믿고 있으니까 그렇게 부정적으로 생각하는 습관은 버리자.'였습니다. 타인이 남을 위해서 진심으로 믿어준다고 하니까, 보답이라도 해야 하는 것처럼 점진적으로 부정적인 생각을 줄이면서 긍정적인 생각을 가지게 되었고 이 습관이 현재 회사생활하고 있는 현재의 저한테 정말 도움이 많이 되고 있습니다.

자신과 화해한 청년 / 직장인

코칭 이후 저는 크게 두 가지가 달라졌습니다. 첫째, 내가 어떤 사람인지, 어떤 점이 나를 슬프게 하고 힘들게 하는지 원인을 찾았습니다. 저는 늘 성급하고 욕심이 많고 남의 말에 쉽게 흔들리는 사람이었습니다. 하지만 남상은 코치님이 "천천히 가도 괜찮아, 충분히 잘하고 있어"라고 했던 말이 큰 위안이 되었습니다. 저는 이젠 욕심과 잘하려고 하는 마음은 살포시 내려놓고 나 자신을 위안하며 성장하고 있습니다. 둘째, 작은 바람에도 흔들리지 않는 단단한 나무가 되었습니다. 인생은 남이 살아 주는 게 아닌 내가 사는 것이며, 자신의 비전을 알고 어떤 인생의 가치관을 가지고 사는 것이 얼마나 중요한지를 깨달았습니다. 나에 대해 내가 제일 잘 아니 어려운 상황 속에서 굴하지 않고 나만의 확고한 신념으로 잘 버텨낼 수 있었습니다. 자신을 알고 나니 이제 주변인의 마음까지도 이해할 수 있게 되었습니다.

구운 고기 청년 / S대학교

'내가 할 수 있을까?' 무언가를 시작하기 전 항상 두려움이 새로운 시작을 저해하곤 했습니다. 코칭을 받으면서 가장 좋았던 건 이런 두려움과 압박감, 겁과 같은 부정적 감정들이 다 나를 위하는 것임을 알게 된 순간입니다. 그 순간을 만들어 준 건 코치님의 시선이었습니다. 코치님의 시선과 침묵과 애정은 제게 또 다른 세상을 열어주었습니다. 그 덕분에 매일 새로운 것을 경험하며 저의 세계를 넓혀가고 있습니다.

이민아 / 직장인

날개를 다는 시간. 코치님의 커리어 코칭은 그런 시간이었습니다. 단단하고도 다정한 코칭으로 저라는 사람의 강점과 약점을 객관적으로 파악할 수 있었어요. 또 이를 바탕으로 제 직업 분야에 대해 추천도 받으니 앞으로의 방향이 명확히 보였습니다. 방향이 보이니 날개를 어깻죽지에 단 기분이었습니다. 대이직의 시대, 저와 비슷한 고민을 하는 친구들도 많은데요. 그 친구들에게 코칭을 완전 추천하고 있답니다. 더 많은 사람이 코치님의 코칭을 알고, 어깨에 든든한 날개를 달고 나아가면 좋겠습니다!

태근아 / 가명, 서울시 청년활동지원센터

나를 코칭의 길로 들어서게 해 준 코칭. 코치든, 코치가 아니든, 코칭에 대해 고민하고 있다면 꼭 한 번쯤은 남상은 코치님에게 코칭을 받아봤으면 좋겠습니다. 오가는 얕은 대화 속에서도 본질을 꿰뚫고 예리한 질문으로 고민 해결의 실마리를 끌어올리는 코치님의 코칭은 받는 이에게 놀라운 깨달음을 경험하게 합니다. 코칭을 통해 저도 명확하게 알지 못했던 저의 고민을 정확하게 깨닫게 되었고, 마음과 생각이 편안하게 정리되었습니다. 코치님과의 코칭을 통해 진로 방향성이 명확해졌고, 머릿속에 둥둥 떠다니던 것들이 퍼즐 조각처럼 탁탁 맞춰져서 정말 좋았습니다. 코칭 시간은 결국 '답은 내 안에 있음'을 알게 하는 감동적인 시간이었습니다.

김지연 / 인생코치앱

무기력함에 지친 시기에 학교에서 진행하던 진로 코칭 프로그램을 신청하게 되었습니다. 저는 코칭을 통해 코치님께서 제게 적합한 직업을 추천해주실 것이란 기대를 품었었죠. 하지만, 코치님의 온화한 질문 속 대화를 이어나가다 보니 그 답을 할 수 있는 사람은 오직 나라는 사실을 깨닫게 되었습니다. 어떤 것을 시작하고자 할 때 그 꿈을 언제나 뒷순위로 미루던 버릇이 있었는데 나를 알아보는 과정에서 자신감이 생겨 시작할 용기를 갖게 했습니다. 게다가 나의 그림과 콘텐츠로 사람들에게 좋은 감정들을 전하는 사람이 되고 싶다고 내린 나의 정체성에 관한 정의는 계속 맴돌고 방황할 때마다 길을 잃지 않게 하는 지표가 되었습니다.

홍양 / '혹시 저 기억하실까요?' 청년, S대학교

처음 코치님을 만났을 때는 대학교 졸업 후 전공과 관련된 일을 하다가, 퇴사하고 1년이 지난 후 재취업에 두려움을 가지고 있을 때였어요. 진로 코칭을 받은 짧은 기간 동안 가장 기억에 남는 건 저도 몰랐던 저의 능력들을 알아봐 주시고 그 능력을 살릴 수 있는 일이 있다고 해주신 말이었어요. 또한, '내가 알고 있는 것 이외에 다른 어려움이 있어서 내가 일을 하는 것을 두려워하고 있었구나. 이걸 잘 알고 있어야 또 나에게 힘든 일이 있을 때 잘 견뎌낼 수 있겠다'라는 걸 깨닫고 저 자신을 더 알아주는 시간을 보낼 수 있었어요.

윤비슬 / 청년재단

PART 1

코치가 되기까지의 이야기

때려치우고 싶은 순간

어떤 일이든 때려치우고 싶은 순간이 있습니다. 상사가 이해되지 않아서, 또는 일이 체계적이지 않아서 직장을 때려치우고 싶고, 적성에 맞지도 않는 일을 열심히 하다가 이게 내 적성이 아니었다는 것을 깨닫는 순간에도 때려치우고 싶죠. 공부도 하기 싫을 땐 때려치워 버리고 싶습니다.

어디 일이나 공부뿐일까요? 밤새 우는 아이가 이해되지 않아 부모이기를 포기하고 싶은 순간도 있고, 부모님이 이해되지 않아 자식을 그만하고 싶다는 생각을 하기도 합니다. 남편이나 아내가 맘에 들지 않아 배우자를 그만할까 싶을 때도 있죠. 어떤 순간이든 그만하고 싶다, 때려치우고 싶다는 마음은 누구나 가질 수 있는 마음이잖아요? 그러니 그 마음 자체에 대한 죄책감은 느끼지 않기로 합니다. 사실 'STOP'하고 싶은 마음은 때로 우리를 다른 지점으로 옮겨 놓기도 하고, 몰랐던 삶으로 초대하기도 합니다. 그렇게 삶이 우리에게 말을 걸어오는 거죠.

서른다섯 살 즈음으로 기억합니다. 하고 있던 일에서 더는 기쁨을 찾을 수 없음을 알게 된 순간이 제게 찾아왔어요. 주변의 인정도, 일의 성과도

의미가 없음을 느꼈지요. 답답함이 가슴을 억누르기 시작했고, 매일매일 위병을 앓기 시작한 것도 그즈음이었던 것 같습니다. 아침에 눈을 떠 출근을 해야 한다는 사실을 대면하기가 세상 어떤 문제보다도 어렵게 느껴졌습니다. 날마다 차라리 아프기를 기도하기까지 했으니까요. 때려치우고 싶은 순간은 이렇게 어느 날 갑자기 불쑥 제 삶에 들어왔습니다. 한 번도 멈춘 적이 없었던 제 삶은 잠시 비상등을 켭니다.

"천천히 삶을 즐기라. 너무 빨리 달리면 경치만 놓치는 것이 아니다. 어디로 가는지, 왜 가는지 하는 의식까지 놓치게 된다"는 에디 캔터(Eddie Cantor, 헐리우드 희극 배우)의 말처럼 삶을 즐기며 조금 쉬어도 되었을 텐데요, 무슨 일인지 "그만하고 싶다"는 마음과 함께 "그럼 이제 뭘 하지?"하는 질문이 함께 찾아왔습니다. 무언가를 계속해야 할 것 같은 느낌, 어디로든 계속 달려야 할 것 같은 길 위에서 완전히 정차가 아니라 비상등을 켤수밖에 없던 이유였지요.

얼마 전 한 청년과 이야기 나눌 기회가 있어 잠시 시간을 내었는데요, 그녀는 대학 입학, 편입, 졸업까지 그냥 달리기만 했던 자신의 시간이 너무 아쉽다고 했습니다. 무언가를 열심히 하려고만 했던, 그래서 비상등을 켰던 제 모습이 떠올라 쉽게 공감이 되었지요. 요즘은 그냥 있다는 그녀에게 물었습니다.

"그냥 지내는 것 같은 이 시간이 당신에게 어떤 의미가 된다면,
무슨 의미일 것 같아요?"

아무것도 하지 않는 것처럼 보이지만, 사실 많은 생각을 하고 있다는 그녀는 무얼 하고 싶은지, 어떤 길을 가고 싶은지 매일 생각하고 있다고 했습니다. 그런 자신에게 부모님은 언제까지 이러고 있을 거냐고 하시는데, 부모님의 마음이 너무 이해되면서도 자신을 그냥 좀 두면 좋겠다고도 이야기했습니다. 남들이 보기에는 의미 없어 보이는 시간일 거라는 걸 자기 스스로 너무 잘 알고 있는데 어떤 의미냐고 물어봐 주셔서 고맙다고 했습니다. 멈춘 것처럼 보이는 그녀의 시간이 얼마나 격렬하게 움직이고 있는지 누구보다도 잘 알기에, 제가 할 것은 응원이 전부였지요. 어쩌면 비상등을 켰던 저도 잠시 멈춰도 된다고, 충분히 멈춰도 된다는 이야기를 듣고 싶었는지 모르겠어요. 어쩌면 그 말을 해주길 바랐던 건 누군가 나를 둘러싼 타인이 아니라, 바로 나 자신이었을지도요.

오늘도 여러 명의 청년을 만났습니다. 아무것도 할 힘이 없어졌다고, 지금 하는 공부가 내가 원하는 게 아니었던 것 같다고, 준비하던 일에서 벌써 여러 번 좌절을 경험하고 있다고 말합니다. 그리고 제게 묻습니다.

"저는 뭘 하고 싶은 걸까요? 저는 뭘 할 수 있을까요?
세상은 제가 필요할까요?"

매일 자신의 삶을 고민하는 이 예쁜 청년들을 격려하며 돕는 일을 하는 저는 이제야 비로소 '그때 참 멈추길 잘했구나'라는 생각을 합니다.

오늘 나는 어디로 가고 싶을까, 나는 무엇을 진심으로 하고 싶을까, 나는 무엇으로 세상을 이롭게 할 수 있을까를 고민하는 세상의 모든 '나'에게 응원을 보냅니다. 특히 그 시절 멈췄던 저에게도 괜찮았다고 말해주고 싶네요.

허락도 없이 불쑥 찾아온 그곳에서 새롭게 시작된 저의 길을 한 번 같이 가보실래요?

첫 번째 고민: 나는 뭘 하고 싶은 사람일까?

서른 살을 훌쩍 넘겼을 때였습니다. 10년 가까이 하고 있던 일이 내가 좋아하는 일도, 잘하는 일도, 기쁜 일도 아니었음을 깨닫는, 이 일을 하는 현재의 내가 전혀 행복하지 않음을 느낀 순간이 찾아왔지요. 저는 처음으로 저 자신에게 질문하기 시작했습니다.

"나는 뭘 하면 행복하지?"

믿기 힘드시겠지만 35년 만에 처음으로 해 본 고민입니다. 주변의 인정이 없이도 좋아했던 일, 행복했던 일이 있었는지 물었습니다. 처음으로 주변의 상황이 아닌 자신에게 관심을 두기 시작한 거죠. 첫 질문을 시작으로 질문은 꼬리에 꼬리를 물었습니다.

나는 누구인가?
나는 어떤 인생을 살고 싶은가?
나는 무엇을 즐거워하는가?
내가 즐거워하는 것으로 세상도 즐겁게 할 수 있을까?

나는 잘하는 것을 즐거워하는가, 즐거워하는 것을 잘하는가?

내가 잘하는 것이 나에게 어떤 의미가 있지?

내가 즐거워하는 건 나에게 어떤 의미가 있지?

나의 의미가 세상에는 어떤 의미를 줄 수 있을까?

특별할 것도 없는 몇 개의 질문이 가슴을 뛰게 한다는 걸 느꼈습니다. 하지만 저는 가슴 뛰는 삶이 익숙한 사람은 아니었어요. 좋게 말하면 순종적이고 순응적인 사람으로 30년을 넘게 살아왔고, 좀 나쁘게 말하면 한 번도 나에 대해 고민해보지 않았던 사람이었습니다. 가정과 사회가 요구하는 대로, 상황에 맞추어 인생의 방향을 결정하고 잘 적응한다고 생각했었죠. 저의 특장점으로 상황 적응력을 꼽았으니 무슨 말이 더 필요하겠어요. 그도 그럴 것이 사실 뭐든 시키면 참 잘하는 사람이었답니다. 뭘 해도 평균 이상은 해내고 그것으로 인정받으니 그냥 그렇게 살아도 아무 지장이 없었어요. 어린 시절 제 안의 가장 강력한 욕구, 그래요, 인정입니다. 인정 중에서도 타인의 인정이었죠. 그러나 타인의 인정은 아무리 받아도 계속 목마른 것이었습니다. 제 안의 갈증을 해결해주지 못한다는 것을 깨달았던 순간, 그 순간부터 제 고민이 시작된 것 같습니다.

"나는 뭘 하고 싶을까?"

그동안의 경험들을 분석해보기 시작했습니다. 어린이집에서 일하던 시절, 다른 건 몰라도 학부모 상담은 재밌었다는 걸 발견했죠. 보통 선생님들이 가장 어려워하는 것이 학부모 상담이었어요. 부모님들을 상대하는 것은 실제로 부담스러운 일이기도 했습니다. 하지만 저는 1년에 두 번 찾아오는 상담주간이 가장 즐거웠어요. 부모님들의 고민을 듣는 것, 그 고민을 함께 해결해가는 과정이 참 짜릿하고 좋았는데, 이 좋은 기분은 비단 제게만 있는 것은 아니었습니다. 부모들 역시 저와의 상담시간을 참 좋아하셨습니다. 한 아이의 엄마는 수시로 상담을 하고 싶다고 찾아오기도 했으니까요. 아이를 놀이치료실에 보내던 부모님이 계셨는데, 그분은 저를 담임으로 만난 이후 치료실에 다니는 것을 그만두기도 했습니다. 제가 아이에게 조치하고 부모님께 상담하는 내용을 치료실 선생님이 그대로 하신다는 이유 때문이었어요. 이쯤 되니 상담에 흥미뿐만 아니라 재능도 있는 건가 하는 생각이 들었습니다.

이렇게 하나씩 기억을 더듬어 저의 즐거움을 찾아내기 시작했어요. 대학시절 교양수업으로 제 전공이 아닌 경영학과의 '인간행동론'이라는 과목을 들은 적이 있었는데, 수업을 어찌나 재밌게 열심히 들었는지 당시 교수님께서는 전과하라고 하셨던 기억도 떠올랐습니다. 제 고민의 끝에는 '아, 나는 사람과 관련된 일에 흥미를 느끼는구나. 사람과 관련된 일을 하고 싶구나'라는 답이 있었습니다.

처음으로 다른 누군가가 아닌, 내가 정한 나의 길을 걷기로 했습니다. 상황에 의해 결정된 삶을 살았던 제가 스스로 상황을 결정하는 삶을 살게 되기까지, 길이 끝나는 것 같으면 그냥 멈춰버렸던 삶에서 새로운 길을 찾아가는 삶을 살게 되기까지, 그리고 이제는 다른 사람들의 길을 찾을 수 있게 돕는 자로 살게 되기까지 제게는 참 특별한 이 고민의 순간이 있었습니다. 서른이 한참 넘어서야 이 고민을 처음으로 했다는 것에 조금은 부끄러울 때도 있습니다. 하지만 이내 더 늦지 않은 것에 감사하게 됩니다.

여러분은 어떤가요?
지금 괜찮은가요?

코치의 길: 당신은 누구의 인생을 살고 있나요?

상담을 좋아하고 사람과 관련된 일을 좋아한다는 걸 발견한 후, 상담대학원을 가겠다고 결심을 하고 바로 그해 대학원 두 곳에 입학원서를 냈습니다. 무엇을 준비해야 하는지, 학업계획서는 어떻게 써야 하는지 알아볼 겨를도 없었어요. 생각만 앞섰던 까닭이었을까요? 첫 대학원 입시에서 보기 좋게 떨어지고 말았습니다. 정말 아무것도 모르고 아무 생각도 없이 원서만 제출했으니 합격을 꿈꾼다는 게 가당키나 했겠어요? 그런데도 전 적잖은 좌절을 경험했습니다. 아주 오랜만에 자존감이 땅을 파고 맨틀까지 뚫어 지구의 내핵까지 들어가는 느낌이었어요. 하지만 그 당시 제겐 좌절할 시간이 없었습니다. 처음으로 발견한 저의 흥미를 계속 이어가고 꿈을 실현하는 것이 너무도 중요했기 때문이었죠.

곧바로 대학원 입시 공부를 할 수 있는 곳을 찾아보기 시작했습니다. 사람을 대하는 일과 관련된 공부는 대학 재학 시절 교원 자격증을 취득하기 위해 수강했던 교육학 관련 과목이 전부였으니, 대학원 입시를 위해서는 상담학이나 심리학 공부가 필요했기 때문이었어요. 서울의 한 상담심리연구소를 알게 되었고, 그곳에서 심리학과 상담학 두 과목을 수강할 수 있었습니다. 교수님 강의를 듣는 것, 개인적인 경험담을 듣는 일, 상담 사례를 듣는 일 그 어느 것도 재밌지 않은 게 없었어요. 특히 현대 코칭의 기초라고도 할 수 있는 로저스의 인간중심상담이론을 배우면서는 2시간 내내 평평 울었던 기억이 있습니다. "내가 너를 모두 수용해줄게, 다 괜찮아."로 설명되는 인간중심상담의 기본적인 태도가 제 마음을 만져주는 느낌을 받았어요. 어쩌면 저는 평생 이 두 마디의 말을 듣고 싶었던 것 같습니다. 그리고 이 말을 누군가에게 해주고 싶었나 봐요.

그렇게 두 달 정도 수업을 들었을까? 우연히 게시판에 붙은 "코칭 설명회" 공지를 보게 되었습니다. '코칭이 뭘까?' 하는 의문과 함께 저는 홀린 듯 찬찬히 공지를 읽었습니다. 어차피 수업이 있는 날이니 온 김에 참여해보자고 생각했죠. 설명회 당일, '코칭은 긍정심리학을 바탕으로 고안된 휴먼 케어 기술이며 이를 통해 사람은 자신이 원하는 모습으로 변화하고 성장할 수 있다'라는 말에 왜 그렇게 가슴이 뛰던지요. 대학 시절 교육학 개론 수업에서 '한 사람이 내면에 가지고 있는 잠재력을 밖으로 끌어낸다'라는 교육의 어원을 처음 듣고 설렜던 감정도 다시 살아났습니다. 저를 2시간이나 울게 했던 로저스의 무조건적인 긍정적인 수용에 관한 이야기도 있었습니다. 저는 코칭을 배워야겠다고 마음을 먹었습니다.

그런데, 마음이 어디 마음먹은 대로 되던가요? 하던 대로 하고 살아도 괜찮은 안전지대에서 새로운 행동을 하는 곳으로 나와야 하는 제 마음은 그리 쉽게 행동으로 옮겨지지 못했습니다. 코칭을 배우려면 기본적으로는

20시간 이상의 수업도 들어야 하고 실습과 실전 지도도 받아야 했습니다. 하지만 저는 이런저런 핑계를 대고 있었죠.

'우리 아이들이 아직 어린데? 시간이 없잖아. 여기까지 배우러 어떻게 와? 배우러 오려면 어머님께 아이들을 맡겨야 하는데 어머님도 힘드실 테고.... 조금 있다가 해야겠다.'

상황이 안 된다, 시간이 없다 등의 핑계를 대고 있던 저는 한 코치님과 코치 자격에 관해 상담하게 되었습니다. 코치님께서는 코칭하겠다고 마음먹게 된 계기, 코칭에 관한 개인적인 의미, 코칭으로 기여하고 싶은 사람 등을 물어보셨고, 마지막으로 언제 어떻게 시작하고 싶은지 질문하셨습니다. 그때도 역시 저는 아직 시간이 안 된다는 이야기를 했고요. 그런 제게 코치님은 이런 질문을 던지셨습니다.

"선생님은 지금 누구의 인생을 살고 계시는가요?"

누군가에게는 별 것 아닌 것 같은 이 질문은 제 마음에 돌을 던졌습니다. 괜히 또 눈물이 나더라고요. 내가 좋아하는 일을 하겠다고 호기롭게 새로운 길을 선택했던 저는 여전히 제 인생을 살지 못하고 있었던 것 같습니다. '아이들이, 어머님이 나를 말리는 것도 아닌데 망설이고 있었구나, 고작 2-3일 종일 나와서 배우는 과정인데 그걸 못하겠다고 괜한 사람들을 핑계 삼고 있었구나'를 깨달은 순간이었습니다. 바로 수강신청을 했죠.

코치 자격과정은 코칭의 개념부터 코칭의 철학 등 기본적인 것들부터 찬찬히 살펴보는 시간이었습니다. '코칭은 목표가 있는 대화다, 코칭은 코칭을 받는 사람의 성장을 지원하는 과정이다, 코칭은 창의적인 영감을 제공하는 과정이다' 등으로 설명되는 코칭의 개념은 제 마음을 두근거리게 했습니다. '모든 사람은 무한한 잠재력이 있다, 모든 사람은 자신의 내면에 자신의 문제에 대한 답을 가지고 있다, 모든 사람은 완전성을 추구하려는 경향이 있다' 등의 코칭 철학은 모든 사람을 있는 그대로 수용하고 싶은 제 마음을 따뜻하게 안아 줬습니다.

그렇게 코치로서의 저의 길이 시작되었습니다.

다시 캠퍼스를 걷다

드라마 '두 번째 스무 살'이었던가요? 최지우 배우가 맡았던 주인공 '하노라'가 서른여덟 살의 나이에 대학에 입학하면서 생긴 에피소드를 엮어 만든 극이었는데요, 저는 이 드라마를 참 재미있게 봤습니다(이 책을 다 읽고 나시면 아마도 여러분은 '아, 남코치는 드라마를 참 좋아하는구나, 남코치는 이런 드라마를 좋아하는구나' 하실 수도 있겠어요. 저의 드라마 취향을 파악하게 되실 거라는 확신이 듭니다. 곳곳에 어떤 드라마 이야기가 나올지 기대하시며 읽으셔도 좋으리라는 꿀팁을 미리 좀 드려 봅니다). 첫사랑을 다시 만나는 드라마 속 로맨스보다는 나이 든 아줌마가 뒤늦게 대학에 입학하여 이십 대들과 만들어내는 이야기에 더 끌렸던 것 같아요. '하노라'가 대학에 입학한 2015년은 제가 다시 대학 캠퍼스를 걷게 된 해이기도 합니다.

코치로서의 길을 걷기 시작하면서 '코칭'이라는 학문에 호기심이 생겼습니다. 아직 국내에서는 학문이라기보다 개인이나 조직의 변화와 성장을 돕는 커뮤니케이션 기술 정도로 인식되던 시기였기에, 공부할 수 있는 곳을 찾는 것도 만만치 않았습니다. 코치 자격을 취득하기 위해 코칭 교육 기관을 통해 코칭 기본, 코칭 심화, 자기주도학습 코칭 등 다양한 수업을 들었습니다. 그즈음 제 안에서는 '더 깊이 배우고 싶다'라는 욕구가 올라오기 시작했습니다. 코칭이라는 학문 자체에 대한 호기심, 코칭을 더 깊이 알고 싶은 욕구, 저를 찾아오는 고객들에게 더 전문성을 갖춘 모습을 보여주고 싶은 마음, 그래서 더 '신뢰로운' 코치가 되고 싶다는 의지 등이 있었죠.

제가 갈 수 있는 대학원을 알아보기 시작했습니다. 기왕이면 전공명에 '코칭'이 들어가면 좋겠다는 생각을 했죠. 그 외에도 나름의 선택 기준을 세웠습니다. 통학 거리가 집에서 멀지 않으면 좋겠다, 기왕이면 30-40분 정도의 거리면 좋겠다, 주말에는 가족과 함께 시간을 보내고 싶으니 주중에 수업이 있는 곳이면 좋겠다, 아이들이 아직 어리니, 낮엔 아이들을 돌볼 수 있도록 야간 수업을 하는 곳이면 좋겠다, 교직 이수를 하며 교육학과 관련된 배경 지식이 있고 앞으로 청소년이나 청년들의 학습과 관련된 일을 하고 싶으니 근거 기반 학문이 교육학이면 좋겠다 등이 그 기준이 되었습니다. 기준이라고 했지만, 지금 생각해보면 저는 그때 어쩌면 상당히 많은 허들을 두고 있었던 것 같네요.

한참의 고민 끝에 커리어·학습코칭 전공으로 1기생을 모집하는 숭실대학교에 지원하였습니다. 제가 대학원 진학 문제로 고민하는 것을 본 한 동료 코치님이 숭실대학교 대학원에서 코칭 전공을 신설한다는 소식을 전해주셨고, 숭실대학교는 성인교육학 기반의 코칭, 30분의 통학거리, 주중 야간 수업 등 저의 그 많고 많은 기준을 모두 충족했습니다. 다만 1기라는 부담은 있었습니다. 커리큘럼이 제대로 되어 있을까, 교수진은 탄탄할까, 과연 내가 얻고자 하는 것을 얻을 수 있는 곳일까 등 고민이 있었죠.

긴 고민의 시간 끝에 드디어 원서접수를 하기로 마음을 먹었습니다. 고민보다는 처음 세웠던 선택의 기준에 초점을 맞췄죠. 워낙 길게 고민했던 터라, 원서접수도 우편으로 하지 못하고 접수 마지막 날 직접 숭실대학교 대학원 교학팀에 원서를 들고 갔습니다. 저는 원서접수를 하던 그 날을 아직도 잊지 못합니다. '현선이네 떡볶이'가 보이는 숭실대학교 중문을 통과하는 순간 느껴졌던 푸른 에너지, 파릇파릇한 20대들의 데시벨 높은 목소리, 캠퍼스가 주는 그 어마어마한 기운을 어쩌질 못해 고개도 들지 못하고 대학원 교학팀까지 걸었던 그 날을요. '이렇게 젊고 예쁜 청춘들 가운데서 과연 내가 다시 공부를 시작할 수 있을까' 하는 걱정과 함께 '나도 저럴 때가 있었는데…. 나도 저렇게 풋내나던 때가 있었는데…. 그땐 몰랐네. 이 풋내가 얼마나 귀하고 예쁜지….' 하는 아쉬움과 설렘이 온 마음을 가득 채웠습니다. 캠퍼스가 주는 압도감은 이내 충만감으로 다가왔지요.

그렇게 캠퍼스에 다시 발을 들였습니다. 청춘의 어마어마한 기운으로 나를 맞이해 준 그 캠퍼스를 다시 걷게 되었습니다. 캠퍼스에 발을 들였다는 건 어쩌면 스무 살의 저를 다시 마주하는 공간으로 들어왔다는 의미인지도 모르겠습니다. 자신을 살피지 않았고 내가 무엇을 좋아하는지 무엇을 잘하는지도 모르는 채, 시공간의 테두리 안에서 주어진 역할에만 충실했던 스무 살의 저를, 꿈꿀 생각도 하지 못했던 설익었던 저를 마주하기 위한 걸음이었을지도 모르겠어요.

그렇게 저는 마치 두 번째 스무 살을 보내는 '하노라'처럼, 스무 살의 상은이와 함께 청춘의 기운이 가득해서 늘 봄 같은 캠퍼스를 걷는 기회를 다시 얻었습니다.

한 푼도 벌지 못해도 괜찮을 것 같아요

둘째 아이가 초등학교에 입학하던 해, 저도 대학원에 입학했습니다. 대학원생이라는 새로운 호칭은 저를 참 들뜨게 했습니다. 서른 살을 훌쩍 넘긴 아줌마가 다시 무언가를 배워보겠다고 새로운 문을 열고 들어갔으니 오죽했겠어요. 처음으로 제가 선택한 공부였던 까닭이었을까요? 학생이라는 이름이 이렇게 기분 좋기는 처음이었던 것 같습니다. 영어로 된 교재를 내미시는 교수님들 앞에서 잠시 당황하기는 했지만, 손을 뗀 지 20년은 된 것 같은 영어를 다시 공부해야 하는 상황도 겁이 나지는 않았어요. '어려워서 안 되면 말지 뭐…' 하는 태평한 생각과 '내가 애도 둘이나 낳았는데, 이깟 영어 하나 못 할까?' 하는 근거 없는 자신감이 저를 다독였습니다.

여태 학교 공부를 이렇게 재미있게 한 적이 또 있었나 싶을 만큼 재미있는 시간이었어요. 공부를 재미있게 하는 사람이 얼마나 되느냐고 물으신다면 할 말은 없지만, 제게는 몇 번 재밌게 공부했던 기억이 있습니다. 초등학교 3학년 때인가. 선생님이 너무 좋아서 그 선생님께 귀염받고 인정받고 싶어서 열심히 공부했던 기억, 중학교 3학년 때 국어 선생님이랑 계속 말하고 싶어서 예습하고 질문을 만들어갔던 기억, 고등학교 1학년 때 영어 선생님이랑 말을 섞기 싫어서 단어 공부를 열심히 했던 기억 등이 제가 주도적으로 공부한 기억의 전부인 것 같아요. 적어도 이때까지는요. 그러고 보니 저의 공부의 흥미는 '선생님'이라는 '사람'과 많이 연관되어 있었네요. (이 사실을 이 글을 쓰는 지금에야 발견하다니! 인생은 이렇듯 끊임없는 발견의 연속인 것 같습니다.)

아무튼, 그렇게 날마다 신나서 공부하던 어느 날, 아마도 숨겨지지 않는 기분 좋은 감정이 그냥 지나치기 어려울 만큼 넘친 어느 날이었나 봅니다. 교수님 한 분이 코칭을 배우는 게 그렇게 좋으냐고 질문하셨습니다.

"네, 교수님. 저는 이 공부가 진짜 좋아요.
제 남편이 들으면 까무러칠지도 모르지만, 이 공부를 하고 난 후
십 원 한 푼 벌지 못한다고 해도 저는 괜찮을 것 같아요.
코칭을 배우고 익히는 이 시간이 정말 만족스럽고 충분해요."

나이는 서른을 넘어 이제 마흔을 바라보는데, 경제 개념도 없이 참 철없어 보이는 대답이라고 하실지도 모르겠습니다. 그런데요, 그땐 그게 진심이었어요. '한 푼도 벌지 못해도 나는 코칭이라는 학문을 공부하고 사람과 대화하는 이 기술을 익히는 것만으로도 충분하겠다, 코칭이 추구하는 사람을 대하는 태도와 철학을 알게 된 것만으로도 앞으로의 내 인생은 참 괜찮겠다'는 생각이 들었거든요.

그 날 그 수업 시간, 철없어 보이기도 하는 저의 대답을 들은 교수님이 뭐라고 하셨는지 아세요?

"그런데 꼭 저렇게 얘기하는 사람들이 돈도 많이 벌더라~"

이 말이 제게 얼마나 용기를 줬는지 모릅니다. 한 푼도 못 벌어도 괜찮다고 호기롭게 말은 했지만, 제가 좋아하는 이 일을 잘해서 돈을 벌고 싶은 마음도 있었나 봐요.

처음으로 내가 좋아하는 것이 무엇인지 탐색하고, 내가 진심으로 잘하는 일을 선택하여 그 일에 즐겁게 몰입하는 경험을 하는 것, 무언가 흡족하게 배운다는 것, 충만하게 경험한다는 것이 이런 것인 것 같습니다. 이 경험을 통해 아무것도 얻을 것이 없다고 해도 그 경험 자체로 만족하는 것. 만족이 되는 것. 저는 서른이 한참 넘은 나이에야 비로소 즐겁게 몰입하는 경험을 맛보았네요. 이러니 굳이 모 강연에서 송길영 선생님이 하신 말을 빌지 않더라도 자신 있게 "좋아하는 일을 해 봐요."라고 얘기하게 되는 듯합니다.

여러분은 어때요?
여러분이 좋아하는 일은 무엇인가요?
여러분의 즐거운 몰입 경험은 언제인가요?
한 푼도 벌지 못해도 괜찮을 만큼 즐겁고 신나는 일은 뭐예요?

두 번째 고민: 나는 어떤 코치가 되고 싶을까?

아마 '남상은'이라는 이름을 아는 사람들 대부분은 '청년들과 대학생을 코칭하는 사람이다', '사람들의 진로와 학습에 도움을 주는 사람이다' 등의 이야기를 가장 많이 할 겁니다. 이것은 제가 진로와 학습 분야의 전문가, 그리고 2030 청년 전문가로 비추어지고 있다는 얘기겠지요. 청년 전문 진로학습 코치라는 명칭은 제가 이 일을 시작하면서 꼭 갖고 싶었던 것 중 하나였습니다. 청년들의 삶에 진심으로 함께 하고 싶었거든요. 이것은 고민이 많았던 이십 대 시절의 저를 안아주는 일이기도 했고, 이십 대의 저를 안아줌으로 현재의 이십 대를 안는 일이기도 했습니다. 저는 왜 하필 이십 대의 나를 안는 일을 선택했을까요? 많은 인생의 지점 중 말이죠.

처음에 코칭이라는 일을 시작하고 코치라는 이름으로 불리기 시작했을 때, 저의 고민은 '나의 코칭 영역은 어디일까? 나의 코칭 대상은 누구일까? 나는 왜 코칭이 하고 싶었을까?' 였습니다. 후배코치들의 고민이 그때의 저와 별반 다르지 않은 걸 보면, '나는 어떤 코치가 되고 싶을까?'라는 질문에 대답하는 일은 어쩌면 코치라면 꼭 지나가야 하는 관문이 아닌가 싶기도 합니다. 어쨌든 그 관문을 지나던 시절, 코칭을 받을 기회가 있을 때마다 이 고민을 이야기했던 것을 보면 꽤 큰 고민이었나 봅니다.

이 고민은 저의 기대와 열망에 노크하는 것이기도 했습니다. 어디로 가고 싶은가, 누구를 만나고 싶은가를 묻는 고민이었기 때문이에요. 인생의 여러 순간 속에서 만나고 싶었던 사람들을 떠올리기 시작했습니다. 대학 때 교직 이수 과정에서 교생실습을 통해 만났던 고등학생들과 이야기하며 '이 아이들과 함께 하는 일을 하면 참 좋겠다'라는 생각을 한 적이 있었습니다. 다니는 교회 고등부에서 꾸준히 교사를 하는 이유도 이 때문인 듯합니다. 아이들의 이야기를 그저 들어주고 함께 그들과 고민하는 사람으로 존재하는 순간들이 참 신났습니다. 아이들은 공부가 잘 안 된다는 얘기를 하기도 했고, 부모님이나 친구들과의 관계에서 어려움이 있다는 이야기를 하기도 했어. 때론 앞으로 무엇을 하며 살지, 어느 대학을 가야 할지, 그 대학을 가기 위해 어떻게 공부해야 할지를 물어오기도 했습니다.

당시 아이들에게 했던 대답은 '시원한 정답'이라기 보다는 "지금 네가 고민하는 시간이 참 의미 있다"처럼 '답 없는 답'이었던 것 같아요. 그런데 참 이상한 일이 일어납니다. 그런 답 아닌 답에 아이들은 위로를 받았다며, 자신의 이야길 들어줘서 고맙다며 감사를 전하는 게 아니겠어요? 어쩌면 아이들은 답을 바랐던 게 아니었을지도 모르겠습니다. 끝까지 자신의 이야기를 들어주는 그 단순한 걸 바랐을지도 모르겠어요.

대학에서 코칭을 하며 처음으로 만났던 학생들은 학사경고를 받은 학생들이었습니다. 당시 학교의 시스템은 학사경고를 받으면 학점 제한으로 인해 수강신청에 제한이 생기고, 코칭을 받아야만 이 제한이 풀리게 되어 있었습니다. 학점 제한으로 한 학기에 적은 과목의 수업을 듣게 되면 졸업 시기가 늦어지는 등 다양한 문제가 생기니 학생들은 울며 겨자 먹기로 코칭을 받으러 왔죠. 대학생들을 만날 일에 설레는 코치와 억지로 끌려온 학생들 사이의 간극이 여러분은 상상되시나요? 학생들은 아마 '이렇게 공부해서 취업은 하겠냐, 다음 학기부터는 이렇게 공부해라' 등의 잔소리를 듣게 될 것을 예상했었나 봐요. 차가운 표정으로 앉은 그들의 첫 얼굴에 대고 저는 묻습니다.

"학사경고를 받게 될 만큼 공부하지 않았던, 혹은 공부하지 못하게 했던 당신만의 이유가 있을 것 같아요. 그 이유를 들려줄래요?"

차가운 표정이 의아한 표정으로 바뀌는 순간입니다. 그렇게 시작된 그들의 이야기 속에는 때론 아픔이, 때론 열망과 기대가, 때론 의지가 숨어있었습니다. 자신들도 아직 인식하지 못했던 아픔이기도, 열망과 기대이기도, 의지이기도 했죠. 푸르른 봄날 같은 청년들이 그들의 지금이 푸르다는 것을 발견하고 인식하는 순간엔 그들만큼이나 짜릿함을 느끼기도 했습니다. 청년들의 이야기는 좌절했던 비전으로 이어지기도 했고, 꿈을 품겠다는 소망으로 돌아오기도 했어요. 그렇게 대학생들을, 그들의 비전과 꿈을 만나기 시작했습니다.

그러던 어느 주일 예배 시간이었어요. (목사님께 죄송하지만) 그 날 목사님의 설교가 무엇이었는지는 생각나지 않습니다. 설교 중에 '우린 오늘 눈물로 한 알의 씨앗을 심는다. 꿈꿀 수 없어 무너진 가슴에 저들의 푸른 꿈 다시 돋아나도록'으로 시작되는 찬양을 하셨는데 그걸 들으며 얼마나 울었는지 모릅니다. 당시 제가 만나고 있었던 대학생들은 꿈을 꿀 수 없을 정도로 무너진 마음을 가지고 있었고, 제가 하는 일은 그 무너진 마음에도 불구하고 그들이 다시 꿈을 꿀 수 있도록 소망을 갖게 하는 일이었기 때문이었습니다. 그렇게 저의 소명이 시작됩니다.

꿈꿀 수 없어 무너진 사람들의 가슴에
푸른 꿈이 다시 돋아나도록 돕는 사람

소명은 한 번의 워크숍으로, 한 번의 좋은 강연을 듣는 것으로, 한 권의 의미 있는 책을 읽는 것으로 찾아지기도 하지만, 저처럼 고민의 끝에서 발견되기도 하는 것 같습니다. 그러니 소명 워크숍에서 소명이 찾아지지 않는다고 실망하지는 않기를요. 다만 '나는 무엇을 하고 싶을까, 누구를 만나고 싶을까, 무엇을 돕고 싶을까, 누구를 돕고 싶을까'를 고민하고 그 고민을 기억하는 것만으로도 충분합니다. 왜 이런 질문들이냐고요? 소명은 내가 하고 싶은 것과 세상의 필요를 잇는 통로이기 때문입니다.

여러분의 하고 싶은 것과 세상의 필요 사이에는 무엇이 있나요?

성찰을
위한
질문

당신이 멈추고 싶은 곳은 어디인가요?

당신이 멈추고 싶을 때는 언제인가요?

멈춰있는 것처럼 보이는 이 시간은 당신에게 무슨 의미가 될까요?

느닷없이 멈춘 지점에서 반갑게 만나고 싶은 나는 어떤 모습일까요?

당신은 무엇을 하고 싶은 사람인가요?

당신은 어떤 인생을 살고 싶은가요?

당신이 잘하는 것은 당신 자신에게 어떤 의미가 있나요?

당신이 즐거워하는 일은 당신 자신에게 어떤 의미가 있나요?

당신의 의미가 세상에는 어떤 의미를 줄 수 있나요?

당신은 지금 누구의 인생을 살고 있나요?

지금 다시 시작해도 된다면 무엇을 해보고 싶은가요?

당신이 좋아하는 일은 무엇인가요?

당신이 즐겁게 몰입했던 경험은 언제, 무엇을 했을 때인가요?

PART 2

코치의 세계

코칭에 관한 오해

코칭을 받으러 온 사람에게 가장 먼저 하는 질문이 있습니다. "코칭이 뭐라고 생각하고 오셨어요?" 혹은 "코치인 제가 당신에게 무엇을 해주길 기대했나요?" 또는 "코칭에서 무엇을 기대하나요?" 절반 이상은 이렇게 대답합니다. "코치님이 저의 진로에 대해 알려주실 거잖아요", "코치님이 방법을 알려주실 거잖아요", "제게 맞는 것을 알려주고 어떻게 하는지 조언해주실 거 아닌가요?" 반은 맞고 반은 틀린 코칭에 관한 오해입니다. 어쩌면 이에 대한 책임은 저와 같은 코치들에게 있을지도 모릅니다. 대중에게 제대로 설명하지 않았거나, 대중이 이해할 만큼 연구하지 않았거나, 대중에게 코치답게 다가서지 못해서일 테니 말이죠. 그래서 코칭을 시작하기 전 코칭에 대해 합의를 합니다. 제가 주로 하는 말은 이겁니다.

"코칭은 목표가 있는 대화로서, 우리는 본격적으로 코칭을 시작하기 전 어떤 것을 해결하고 싶은지 어떤 부분에서 변화하고 싶은지 결정할 거예요. 그게 우리 대화의 목표가 될 겁니다. 저는 답을 주기보다는 질문을 주로 할 거예요. 제가 하는 질문은 당신의 목표에 대한 열망과 기대, 욕구, 가치 등을 탐색하는 질문일 거고요. 이 질문들에 대답하면서 당신은 자신의 목표에 관한 마음과 생각을 좀 더 명확하게 알아차리게 될 겁니다. 더불어 저는 당신의 이야기 속에서 당신이 가진 잠재력과 가능성을 발견하여 당신에게 돌려줄 거예요. 우리는 함께 목표에 도달할 수 있는 행동계획을 찾아갈 겁니다. 그리고 당신이 그 행동을 잘 실행할 수 있도록 함께 세팅할 거예요."

코치가 무언가를 가르쳐 줄 거로 생각했던 오해가 풀리는 순간이자, 과연 내가 스스로 할 수 있는가에 대한 가벼운 두려움이 올라오는 순간이며, 그럼에도 이 코치와 함께라면 내가 할 수 있겠구나 하는 설렘이 작동하는 순간이기도 합니다. 첫 코칭을 마친 고객들은 대부분 비슷한 얘길 합니다.

"코칭이라고 해서 1시간 동안 조언과 평가를 받을 줄 알았어요. 그런데 제 이야기를 이렇게 많이 하게 될 줄 몰랐습니다."

그리고 이런 얘기도 하죠.

"코칭이라고 해서 격식을 차려야 할 것 같았고 솔직히 좀 무서웠거든요. 근데 너무 편하고 재밌어서 좋았어요. 함께 가고 싶어요."

어쩌면 제가 만나는 고객들이 대부분 대학생이라서 더 그랬는지도 모르겠습니다. 왠지 선생님 같은 혹은 교수님 같은 느낌으로 저를 만나러 오지 않았겠어요? 어쩌면 이들은 그냥 무심히 자신의 이야기를 들어줬던 사람을 만난 경험이 없었을 수도 있었겠다 싶습니다. 그도 그럴 것이 정말 10명 중 9명은, 아니 100명 중 98명은 코칭을 마치고 나가면서 한결같이 이 말을 합니다.

"코치님, 이 얘기를 할 데가 없었어요. 제 이야기를 들어주셔서 감사합니다."

감사를 표현하는 청년들이 고맙기도 하지만, 한편으로는 가슴이 내려앉기도 했습니다. '아, 이 얘기를 할 데가 없었구나. 들어주는 사람이 없었구나' 하는 생각의 울림은 제 속에서 묵직한 돌덩이가 됩니다. 그리고는 이야기하죠.

"당신 이야기를 듣는 한 사람이 될게요. 든든한 동행이 될게요."

조금 비장할 수도 있는 소원이 하나 있습니다. 누군가에게 한 사람이 되는 것. 어쩌면 단 한 사람일 수도 있고 또 어쩌면 마지막 단 한 사람일 수도 있는 '그 한 사람'이 되는 것. 코칭에 들어가기 전 신께 늘 기도합니다.

"하나님, 오늘 제가 만난 이 사람의 이야기를 잘 듣게 해 주세요.
어쩌면 이곳저곳을 돌고 돌아 제게까지 왔을 이 사람이 저를 통해 삶을
회복하기를 기도합니다. 어쩌면 그의 이야기를 들어줄
단 한 사람일 수도 있음을 기억하게 하소서."

오늘도 기도를 품습니다.

보물찾기

처음 대학에서 코칭을 통해 만난 청년들은 학사경고를 받은 학생들이었습니다. 흔히 학사경고를 받았다고 하면 공부를 안 한 불성실한 학생들, 반항아들, 철없는 애들이라는 등의 편견 가득한 낙인을 찍습니다. 이러한 편견은 교직원들이나 교수, 또래 대학생들 할 것 없이 비슷합니다. 학사경고를 받은 당사자도 자신을 그렇게 생각하고 있는 것 같기도 했어요. 그래서일까요? 처음 코칭을 받으러 올 때의 이들 중 십중팔구는 '이 사람도 나를 패배자로 볼 거야.' 하는 마음으로 주눅이 들어있거나, '어떤 잔소리를 얼마나 할까?' 하는 마음으로 온갖 귀찮은 표정을 장착하고 있거나, '얼마나 나를 무시할까?' 하는 마음으로 날을 세우고 있었습니다. 그런 청년들에게 저는 어떻게 학사경고를 받게 되었냐고 묻죠. 그러면 정말 100명 중 98명은 공부를 못해서 학사경고를 받았다고 얘기합니다. 뭘 그런 당연한 걸 묻느냐는 눈빛과 함께. 그런 그들에게 다시 말합니다.

"그러니까요, 공부를 못하게 된 당신만의 이유가 있을 거잖아요.
그게 뭐였는지 궁금해요."

각 개인의 삶 속에서 겪는 모든 상황에는 각자의 이유가 있으리라 생각합니다. 진심으로 자신의 이유를 궁금해하는 코치 앞에서 이 예쁜 이십 대들은 적잖이 당황합니다. 차가운 눈빛이 스르르 풀어지는 순간이기도 하죠. '그럴만한 이유'에 대해 공감받은 그들은 자신의 이야기를 하기 시작합니다. 학사경고라는 같은 현상을 경험한 학생들 개개인이 가지고 있었던 속내는 다 달랐습니다. 갑작스레 어려워진 가정의 경제에 보탬이 되고자 학교 수업을 제대로 못 들었던 학생도 있었고, 자신이 지금 가는 길이 맞는 길인지 자신을 되돌아보느라 수업에 참여하지 못했던 학생도 있었습니다. 대학에 오면 꼭 해보고 싶었던 것들을 하느라 학교 성적은 과감히 포기했던 청년도 있었고, 또래의 다른 대학생들과는 조금 다른 속도로 가고 있었던 청년도 있었습니다. 저는 그들의 이야기를 들으며 학사경고라는 결과 속에 숨은 상황과 각자의 상황 속에서 그들이 선택했던 가치를 찾아줍니다.

"자신을 돌아볼 용기를 내셨던 거네요."
"학업을 포기하고 가정을 돌아볼 정도로 헌신하셨던 거네요."
"학사경고를 당한 게 아니라, 주도적으로 선택하셨네요."
"자신만의 속도로 담담히 인생의 여정을 걷고 계셨네요."

용기, 헌신과 사랑, 주도, 독립. 정말 그랬습니다. 마치 실패의 이름 같아 보이는 학사경고라는 포장 속에서 청년들은 자기 속에 숨어있는 가장 용기 있는 나를 대면하기도 했고, 어딘가 깊이 처박아 둔 가장 힘 있는 나를 발견하기도 했습니다. 다만 자신이 얼마나 용기 있었는지, 얼마나 헌신했는지, 얼마나 주도적이었는지 깨닫지 못했을 뿐이죠. 그런 그들에게 질문합니다.

"성적 대신 얻은 것은 무엇이었나요?"
"학업 대신 시도한 것은 무엇이었나요? 그것을 통해 얻은 것은 무엇인가요?"
"목표했던 것이 무엇이었나요? 그것을 통해 무엇을 알게 되었나요?"

바로 보물을 찾는 여정입니다. 이 질문이 비단 학사경고를 받은 대학생들에게만 해당하는 질문일까요? 기대한 결과를 얻지 못한 상황에 놓여 있는 모두에게 묻습니다.

"지금 마음이 어때요? 그 마음은 어떤 생각을 하게 하나요? 이 과정에서 얻은 것은 무엇인가요? 어떤 것을 알게 되었어요?"

오늘도 한 청년에게 코칭을 시작하기 전 이야기했습니다.

"말씀하시면서 떨어뜨리시는 보석을 줍줍 해드릴 거예요. 이야기 속에 있는 당신의 강점, 흥미, 가치관 등을 주워 드릴게요."

그는 이 이야기를 듣자마자 웃음을 빵 터뜨립니다.

"내가 흘린 보석을 주워 드린다는 표현이 너무 좋아요."

오늘도 이렇게 한 건 했습니다. 고민을 들고 찾아온 청년을 웃게 한 것으로 뿌듯한 하루가 됩니다. 나도 모르게 보석을 떨구고 다니시는 분들!! 연락해주시면 남코치가 정성스럽게 줍줍 해드립니다.

우리 오늘도 함께 보물을 찾으러 가볼까요?

코치는 착한 사람?

"너는 무슨 코치가 이렇게 못됐냐?"

어떤 사람의 이야기에 토를 단 제게 돌아온 대답이었습니다. 순간 '내가 못됐나?' 하는 생각을 하는 저를 발견합니다. 그러면서도 못됐다는 말에 엄청 기분이 나빠졌습니다. '하는 말에 토를 단 게 나쁜 건가? 잘못한 건가? 정말 못된 걸까?' 여러 가지 생각들 속에서 못됐다는 말 자체에 의문을 갖기에 이르렀죠. 그래서 국어사전을 찾아봤습니다.

못되다: 사람의 성격이나 하는 짓이 올바르지 못하고 나쁘다

사전적 의미로 비추어 보면, 그분은 자신의 말에 토를 달았다고 저의 성격이나 하는 짓이 올바르지 못하고 나쁘다고 얘기한 거죠. 그런데 사실 그분은 그런 뜻으로까지 얘기한 건 아닐 거예요. 무심코 한 말에 제가 괜히 기분이 나빠져서 사전까지 들먹이고 있는 것일지도요. 어쨌든 그 말을 들으며 코치가 어떤 사람으로 비추어지기에 토를 단 상황에서 못됐다고 표현한 것일지 의문이 들었어요. 그래서 주변 사람들에게 묻기 시작했습니다.

"코치가 어떤 사람이라고 생각하나요?"

어떤 사람은 운동선수들의 코치를 이야기하기도 했고, 아이들을 키우는 학부모들은 학습을 돕는 학습 코치를 떠올리기도 했습니다. 왠지 똑똑하고 착한 사람일 것 같다는 코치의 성품을 이야기하는 사람들도 있었어요. 저를 잘 아시는 분들은 다른 사람들의 진로를 결정하는 것에 도움을 주고 남의 이야기를 잘 들어주는 사람들 아니냐고 얘기하기도 했습니다. 상담하는 사람들이랑 비슷한 사람 아니냐고 말하는 분들도 있었고, 어쩐지 확실하게 무언가를 잘 알려주는 사람일 것 같다는 느낌을 이야기하는 사람들도 있었습니다. 왠지 하나로 정리가 되지 않습니다.

역사적으로는 1500년대 헝가리의 도시였던 코치라는 곳에서 유행했던 네 마리의 말을 끄는 마차가 있었고, 이것이 유럽 전역으로 퍼지면서 이 마차를 가리키는 단어가 코치였다고 해요. 지명이었다가 운송 수단을 이르는 말로 변천되었던 거죠. 그러다가 영국의 옥스퍼드 대학교에서 학생들을 목적지까지 데려다주는 개별 서비스를 수행하는 사람을 코치라고 부르게 되고, 이들이 개별 학습지도까지 하게 되면서 '개인 지도를 하는 사람'이라는 뜻까지 포함하게 되었다고 합니다. 결국, 코치는 '누군가를 원하는 곳까지 데려다주는 사람'이라는 뜻이에요. 운동선수의 코치는 운동선수가 도달하고자 하는 목표 지점까지 갈 수 있도록, 학생들의 학습 코치는 원하는 학습 성과목표까지 도달할 수 있도록, 비즈니스 코치는 누군가의 비즈니스 성과를 위한 목표 지점까지 갈 수 있도록, 커리어 코치는 커리어와 관련한 목표 지점까지 도달할 수 있도록 돕는 사람이라는 거죠.

  그런데요, 여기까지 살펴보고도 코치가 누군가의 말에 딴지를 걸면 안 되는 이유를 발견할 수는 없었어요. 아마도 누군가의 목표 지점까지 가는 길을 돕는 자라는 의미가 있다 보니 좋은 사람일 거로 추측하고, 좋은 사람이라는 인식이 있다 보니 누군가의 말에 반기를 들거나 토를 달았을 때 '코치라는 사람이 왜 이리 못됐냐?'는 반응도 나오는 것 같습니다. (사실 그분께 물어보면 될 것을 혼자서 고민하다가 이렇게 좋은 쪽으로 결론을 내고 마는 저는 여전히 아직 갈 길이 먼 사람입니다.)

  코칭을 10년 넘게 하고 있다 보니, 코치가 착한 사람인지 못된 사람인지는 잘 모르겠어요. 정확히는, 사람의 성품으로 코치를 설명할 수는 없을 것 같아요. 다만 이런 사람이라고 말할 수 있습니다.

  누군가의 이야기를 듣는 사람.
  이야기와 함께 그가 가진 에너지, 기대와 열망, 삶의 태도,
  일상의 습관을 듣는 사람.
  이야기하는 그의 표정과 몸짓, 눈빛을 보는 사람.
  표면적인 이야기에서 그의 가능성과 잠재력을 발견하는 사람.
  그 상황에서의 그의 감정을 이해하는 사람.
  이해를 바탕으로 그에게 공감하는 사람.

오늘도 한 청년의 취업 면접 코칭을 진행하면서 그가 하는 이야기 속에서 그의 강점을 발견하여 들려주었습니다. 그랬더니 그 청년이 이런 말을 합니다.

"코치님, 제가 제 강점을 쓸 때는 이게 내 강점이 맞나, 자기소개서를 쓰기 위해 꾸역꾸역 만든 것이 아닌가 의심이 들었었어요. 그런데, 제 이야기 속에서 코치님이 발견해 주신 강점은 진짜 제 것 같아요. 자신 있게 제 것이라고 말할 수 있을 것 같아요."

이 청년이 가장 자기다운 모습으로, 진짜 자기의 강점으로, 진짜 자신의 이야기로 자신 있게 면접을 치르고 나오기를 소망합니다.

코치는 이런 사람입니다.

3만 원짜리

교회에서 한 청년이 급하게 지나가는 저를 붙잡았습니다.

"선생님, 제 동생 일로 상담을 받고 싶은데, 선생님이 그런 일 하시잖아요. 그런데 비용이 얼마일까요? 아주 비싸지요?"

평상시 참 아끼는 청년의 간절함이 느껴졌습니다. 그래서 비용 얘기는 뒤로 미루고 일단 상황을 얘기해보라고 했습니다. 그러면서 '아, 이제는 나에 대한 비용을 고객이 고민하는 코치가 되었구나' 하는 생각도 해 봅니다. 누군가에게는 비쌀 수도 있고, 누군가에게는 아무렇지도 않은 비용일 수도 있는 그 얼마를 매기기까지 참 고민이 많았습니다. 제가 하는 코칭의 가치가 어느 정도일지, 나는 전문가로서 얼마나 가치 있고 전문적인 사람인지, 고객들은 어느 정도의 비용이면 코칭을 받을지, 시간이 지나고 나서는 아주 명확하게 '고객은 나에게 얼마만큼의 비용을 만족스럽게 낼 수 있을까?'를 고민하게 되었죠.

제 첫 유료고객은 중학교 입학을 앞둔 아이였습니다. 시간 관리를 위해 코칭을 받았죠. 아마 제가 코치 자격을 취득하고 한 달 정도 지났을 때였던 걸로 기억합니다. 어느 날 제 멘토였던 코치님으로부터 전화가 왔습니다.

"남코치님, 혹시 코칭 한 건 맡아줄 수 있나요? 원래 제가 만나기로 했던 고객인데 제가 사정이 생겨 만날 수 없게 되었습니다. 코치님께 맡겨보고 싶어요."

이제 막 자격증을 취득한 코치에게 코칭을 맡기겠다는 멘토 코치의 도전과 용기를 저는 아직도 잘 이해하지 못합니다. 그때도 "제게 맡기신다구요?"를 여러 번 물었던 것 같습니다. 능력 있고 탁월한 코치님이 하기로 했던 코칭을 과연 내가 할 수 있을까 하는 생각이 하루에도 수십 번 들었습니다. 눈을 깜빡이는 횟수만큼 고민이 되었던 것 같아요. 그런데, 그 멘토에 그 멘티였던 걸까요? 어디서 그런 용기가 생겼는지 겁도 없이 코칭해 보겠다는 말을 해버렸답니다. 드디어 저의 첫 유료 코칭이 시작되었고 비용은 1회 3만 원이었죠. 그렇게 저는 3만 원짜리 코치의 길을 시작했습니다.

누군가 코칭비가 얼마냐고 물어보면 얼마를 받아야 하나 고민하며 우물쭈물하던 저는 그때부터는 별다른 고민 없이 3만 원이라고 자신 있게 얘기했습니다. 3만 원짜리 남코치는 청소년을, 대학생을, 청년들을, 부모들을 만났고, 학습 동기나 학습방법을, 때로는 진로 방향을, 또 어느 때엔 자기소개서를 쓰는 방법을 코칭했습니다. 어떤 사람은 자기를 탐색하는 과정에서, 어떤 사람은 습관을 개선하기 위해, 아이들을 잘 키우는 방법을 탐색하는 여정에서 저를 만나기도 했습니다. 그렇게 3만 원짜리로 편안하게 코칭을 하다가 어느 날 다시 고민하기 시작했습니다.

'내가 3만 원짜리 코치가 맞나? 언제까지 3만 원이지? 3만 원은 어느 만큼일까? 나는 어떤 가치를 제공하는 코치일까?'

3만 원이 의미 없는 비용이어서가 아닙니다. 저렴한 비용으로 양질의 코칭을 제공할 수 있다면 아마도 소비자 입장에서는 가장 좋을 겁니다. 그러나 어느 순간 저는 후배코치들을 떠올리기 시작했습니다. 제가 코칭을 시작할 때 스스로 저 자신에게 가격을 매길 수 없었던 시간들, 아마추어에서 프로페셔널로 넘어가는 그 사이에서 고민했던 것처럼 후배들도 고민하지 않을까 하는 생각을 합니다. 어쩌면 나에게 그랬듯 3만 원은 그 시작의 자리가 아닐까 하는 혼자만의 생각이 올라왔지요. 그래서 고민했던 것 같아요.

코칭을 시작한 지 대략 10년 정도 지났습니다. 그동안 저는 3만 원짜리에서 많게는 100만 원짜리 코칭을 계약하기도 했습니다. 물론 100만 원은 기업에서 한 회기에 2명을 코칭 했을 때 비용으로 일반적인 비용은 아닙니다. 대부분은 1회 몇십만 원 선에서 코칭 계약을 하지요. 어쩌면 이 글을 읽는 누군가는 '그래, 너 잘났다, 니가 하는 코칭이 100만 원이나 하냐, 내가 3만 원에 코칭을 하면 3만 원짜리고, 100만 원에 코칭을 하는 너는 100만 원짜리냐, 코칭의 가치를 돈으로 설명할 수 있냐, 코치의 등급이 돈으로 나누어지냐' 등으로 날을 세울 수도 있습니다. 어쩌면 그래서 아무도 비용 얘기를 밖으로 꺼내서 하지 않는 것일 수도 있지요. (지금도 상당히 쫄립니다. 이 글의 곳곳에 어쭙잖은 설득과 방어막이 있음을 느끼고 있어요.) 당연히 비용이 코칭의 가치를 말하는 것은 아닙니다. 다만 자기 일에 관한 비용을 고민하는 사람들에게 그 비용을 매기는 각자의 기준이 다를 수 있음을, 비용을 매기는 이유와 가치가 다를 수 있음을 이야기하고 싶어요.

　코치로서의 존재감은 비용으로 매길 수 없습니다. 존재감은 늘 비용을 넘어섭니다. 비단 코치의 이야기인 것만은 아니죠. 어떤 일을 하는 사람이든 그 사람의 존재감은 비용으로 환산할 수 없습니다. 3만 원의 코칭비를 받을 때도 최선을 다했고, 수십만 원의 코칭비를 받는 지금도 저는 여전히 코치로서 최선을 다합니다. 시간을 쪼개어 사람에 관해 연구하고 공부합니다. 사람들에게 도움이 될 만한 새로운 도구를 탐색하고, 그들 삶의 다양한 측면을 함께 고민하느라 제 삶을 쪼갭니다. 벌써 수천 시간의 삶을 사람들과 함께했네요. 어쩌면 코칭 비용은 수천 시간의 삶을 쪼개 넣은 값일지도 모르겠어요.

　그래서 진짜 하고 싶은 말이 뭐냐고요? "3만 원짜리 코치는 코칭을 못하는 거 아니야?" 하지 마시고 주저 말고 코칭을 받아 보시라는 겁니다. 비록 처음이라 많이 부족했지만, 최선을 다했던 10년 전 저의 3만 원짜리 코칭에서도 고객은, 이제는 성인이 되었을 그 아이는 꽤 만족했으니까요(휴, 이 글은 여기서 이렇게 후다닥 마무리해야 할 것 같습니다. 자세한 얘기는 만나서 해요).

코칭일지, 기억의 기록

1, 2, 3, 4, 5, ..., 20, 21, 22, ...

이 숫자가 의미하는 것은 무엇일까요? '맞추시는 분께는 선물을 드리겠습니다'라고 말하고 싶어집니다. 제게는 굉장히 의미 있는 숫자입니다. 하나하나 숫자가 늘어갈수록 뿌듯함이 느껴지는 날도 있었고, 무거운 책임이 느껴지는 날도 있었습니다. 그만 뜸 들이고 얘기해야겠죠?

바로 제가 코칭을 할 때마다 기록한 노트의 권수입니다. 처음에 코칭을 배우기 시작했을 때는 제가 코칭할 때 어떤 질문을 하는지, 고객의 이야기에 대해 어떤 반응을 하는지 복기하기 위해 일지를 썼습니다. 그때만 해도 일지라기보다는 저의 코칭 장면을 비추는 거울 정도의 역할을 하는 행위였습니다. 함께 코칭 연습을 하는 코치님들과의 대화 내용을 속기사 수준으로 받아쓰는 연습장 정도랄까요? 코칭 연습이 끝난 후, '이 부분에서는 공감 반응을 했었어야 했네', '여기서는 칭찬을 해야 했는데, 칭찬 포인트를 발견하지 못하고 놓쳤구나', '이런 질문보다는 다른 질문을 하는 것이 더 나았겠는데?', '이때 고객은 이런 마음이었겠구나. 왜 그땐 안 보였지?

다음엔 더 잘 듣고 잘 봐야겠다.' 등 첫 번째 코칭 일지 곳곳에는 매일 매일의 제 코칭에 관한 성찰과 반성이 담겨 있었습니다.

그러다가 실제로 고객을 만난 후로는 1-2주 만에 다시 만나는 고객들의 이야기를 기억하고 싶어 일지를 계속 썼습니다. 그렇게 시작한 코칭 일지가 어느새 22권이 되었네요. 오늘은 괜히 계산이 하고 싶어 한 권이 몇 페이지인지 손에 침을 발라가며 셌습니다. 각각의 노트는 200페이지짜리도 있었고, 100페이지짜리도 있었지만, 평균 120페이지로 이루어져 있더라고요. 한 페이지에 한 사람의 이야기가 기록되어 있기도 했고, 여러 페이지에 걸친 여러 사람의 이야기도 있었습니다. '나는 지금까지 몇 시간의 코칭을 했을까? 얼마나 많은 사람을 만났을까?' 하는 호기심으로 셈을 해 봅니다.

"평균 120(페이지, 시간, 사람) × 22권 = 2640페이지(시간, 사람)"

10년 가까이 되는 시간 동안 대략 2640페이지를 사람을 만나는 데 할애했고, 어쩌면 2640시간 동안 코칭을 해 왔습니다. 처음엔 코치 자격을 취득하기 위해 채워야 하는 50시간도 버거워 자격 취득을 포기할 뻔했는데, 어느새 상상도 못 한 시간을 쌓아가고 있다는 걸 발견합니다. 그리고 스물 세 번째 노트. 이 노트를 다 채우고 나면 또 120시간이 더해지겠지요.

이 글을 쓰는 동안 한 페이지 한 페이지를 넘기며 10년 간의 고객들을 다시 만납니다. 처음엔 연습 상대였던 코치들, 첫 번째 일반 고객이었던 큰

딸, 당시 중학생이었던 첫 번째 유료고객, 학사경고를 받은 대학생들, 진로와 학습에 대한 고민이 있었던 수많은 대학생, 대학입시를 앞둔 고등학생들, 네덜란드 유학생, 면접과 자기소개서 등 취업을 준비하던 2030 청년들, 10대 자녀를 둔 부모, 막 첫 아이를 낳고 찾아온 부부, 임종을 앞둔 암 환자, 지방에서 하루 휴가를 내고 찾아온 자매들, 자립준비 청년들, 아이들을 더 잘 가르치고 싶어 했던 학교 선생님들, 레벨 업을 준비하는 코치님들의 이야기까지. 페이지를 넘길 때마다 신기하게도 제 기억은 그때의 코칭 장면으로 이동합니다.

노트 한 장 한 장에 담긴 그들의 이야기에는 진로, 학습, 삶, 관계, 시간, 습관, 성취, 변화, 성장의 마음과 각오, 다짐과 같은 것들이 가득 담겨 있었습니다. 그리고 그들의 삶에 담긴 사랑과 그에 대한 저의 사랑, 존중도 함께 포함되어 있습니다. 과거가 된 이야기 속 주인공들은 때론 현재 시점에 등장하기도 합니다. 몇 개월, 몇 년 만에 연락해서 자신의 안부를 전하고 저의 안부를 묻는 거죠. 전의식 속에 있던 그는 노트에 적힌 이야기를 통해 다시 저의 의식으로 들어옵니다.

과거와 현재를 연결해주는 통로이자, 전의식과 의식 사이에 다리가 되어주는 이 삶의 뭉치들이 책장 한 칸에 쌓여가는 모습을 보는 게 참 좋습니다. 어쩌면 그래서 이 아날로그 방식을 고수하는가 봐요. 가끔은 기억에서 먼저 떠오르는 고객이 있습니다. 그러면 저는 그를 만났던 그 시간의 기록을 다시 찾아봅니다. 그리고는 연락을 해보죠.

"잘 지내나요?"

반갑게 다시 자신의 현재를 나눠주는 그들이 참 고맙습니다. 그렇게 현재는 다시 미래가 되고, 격려가 됩니다. 새롭게 노트를 장만할 때마다 기도를 심습니다.

"하나님, 이곳에 쌓일 삶들 속에 은혜를 부어주소서.
이 삶을 대할 나의 눈이 밝게 하시고,
이 삶을 대할 나의 마음이 맑게 하소서."

오늘도 23이라는 숫자를 매직으로 꾹꾹 눌러쓰며 기도를 합니다. 그리고 코칭을 시작했던 첫 마음, '꿈꿀 수 없어 무너진 마음에 저들의 푸른 꿈이 다시 돋아나도록 돕는 사람이 되고 싶다'라는 마음을 가만히 묵상하며 그를, 그녀를, 그들을 기다립니다.

코칭, 새로운 길을 내는 연결

"남코치, 자기 전공이 커리어 학습 코칭이지? 이번에 이걸로 강의 개발 한번 해 볼래?"

굉장히 좋아하고 존경하는 코치님으로부터 전화가 왔습니다. 늘 그렇듯 겁이 많은 저는 '제가 할 수 있을까요?'라는 대답을 먼저 합니다. 제 속에서는 두 가지 마음이 서로 의견을 주고받습니다.

"할 수 있을까?" vs. "당연히 할 수 있지!"
"어렵지 않을까?" vs. "어려워도 할 수 있을걸!"
"이 코치님은 날 뭘 믿고 이런 제안을 하시는 거지?" vs. "가능성을 다 보셨을 거야!"

겁이 많고 시작에 앞서 걱정도 많지만, 다른 한편으론 도전과 모험도 좋아하는 저는 새로운 것에 도전하는 것을 선택합니다. 그렇게 시작한 것이 고려사이버대학교와 당시 교육부가 함께 개발한 <커리어 코칭> 강의였습니다. 몇 개월 동안 개발지원팀, 디자인팀, 촬영팀이 협력하여 강의 콘텐츠를 개발하고 강의안을 만들어 동영상으로 촬영을 하는 등 제게는 또 하나의 새로운 경험이 생겼습니다. 혼자서 강의 개발을 하던 것에서 다른 팀과 협력하는 개발 과정, 카메라 앞에서 어색했던 첫 촬영 등이 그것이었죠. 아! 촬영 전 분장팀의 메이크업도 제게는 새로운 경험이었네요. 이 강의는 현재 KOCW(Korea Open Course Ware)에서 무료로 제공되고 있기도 하고, 고려사이버대학교의 교양과목으로 운영되고 있기도 합니다. 커리어 고민을 하는 사람들을 코칭하고 있었을 뿐인데, 코칭은 온라인 강의라는 새로운 영역과 저를 연결해주었습니다.

그뿐인가요? 코칭은 저를 새로운 사람과 연결하기도 했습니다. 저는 코칭을 지도하고 가르치는 것보다는 코칭 하는 것 자체를 더 좋아했습니다. 어느 정도 코칭 시간이 쌓이자 여러 코칭 기관에서는 이제 제자 양성을 해야 하지 않겠냐는 제안을 많이 해왔습니다. 가르치는 것도 좋아하는 저였지만 왠지 코치 양성 교육을 하고 싶다는 마음이 생기지는 않았어요. 코칭 교육의 요청이 있을 때마다 그럴싸한 핑계를 만들어 이야기하기도 했습니다.

"아직 멘토로서의 정체성이 생기지 않았나 봐요. 저는 아직 주니어 코치로 더 성장하고 싶어요."

그러다 작년부터 한 코칭 회사와 인연이 되어 코칭 지도를 할 기회가 생겼습니다. 대표 코치가 주는 신뢰와 교육의 진정성은 함께 하는데 자부심을 느끼게 했습니다. 매주 2시간씩 참여자들의 코칭 장면을 보고 피드백을 하는 과정에서, 아직 자격 인증을 받지 않은 코치들이지만 존재감만큼은 이미 탁월한 분들을 대면하는 것이 참 좋았습니다. 코칭 장면에 녹아든 그들의 삶에서, 상대를 코칭하는 그들의 태도에서, 코치로서의 묵직한 존재감을 느끼는 순간에는 '아, 이 일을 하기를 참 잘했구나.' 싶기까지 했으니까요.

그중에서 어떤 분은 KAC 취득 후 코칭으로 연결해드리기도 했고, 어떤 분은 다른 분과의 공통 인연으로 더 반가운 만남을 갖기도 했습니다. 어떤 인연은 꼭 한번 다시 만나보고 싶은 마음도 있었지요. 그 마음을 들키기라도 했던 걸까요? 훈련 과정에 참여했던 분으로부터 만나고 싶다는 연락이 왔습니다. 마음이 통한 게 그렇게 반가울 수가 없었습니다. 정갈하면서도 상큼하게 차려진 점심 식탁과 그의 손에 들린 저자 사인이 콕 박힌 책들, 그의 삶의 이야기까지. 한 사람과의 만남이 이렇게 다채로우면서도 조화로운 게 얼마 만인가 싶을 정도로 2시간여의 시간은 잡을 새도 없이 지나가 버렸습니다.

지난 한 해, 저는 무언가를 상실하기도 했지만, 그만큼 더 연결되기도 했습니다. 아니, 어떤 것들은 마치 제가 무언가 상실하기를 기다린 것만 같았어요. 한쪽 문이 닫히면 다른 쪽으로 문이 열린다는 식상한 문장을 굳이 가져오지 않더라도 제 삶의 길은 이어지고 있었습니다. 때론 저 자신을 놓치기도 했고, 때론 휘몰아치는 만남에 정신을 못 차리기도 했지요. 정리되지 않은 것처럼 보였던 길이었고 어쩌다 연결된 것처럼 보였지만, 그 연결이 사실은 새로운 길을 내고 있었음을 발견하게 됩니다.

크럼볼츠(Krumboltz)는 '모든 사람의 삶에는 계획되지 않은 사건이 발생하고 이 우연한 사건이 진로를 선택하고 결정하는 것에 중요한 영향을 미친다'라는 '계획된 우연' 이론을 제시합니다. 문법의 영역에서 볼 때 계획된 우연이라는 말이 과연 맞는 표현인가 싶습니다만 크럼볼츠는 의도적으로 이 모순된 표현을 사용합니다. 삶을 살아가는 여정에서 사람들은 계획하지 않은 우연한 일을 맞이하거나 그런 일을 스스로 만드는 경험을 합니다. 그리고 이를 긍정적인 기회로 전환할 때 우리는 흔히 '계획된 우연이었다.'라고 하죠. 삶의 질을 향상할 우연한 기회를 발굴하기 위해서는 적극적인 탐색이 선행되어야 하고, 탐색한 우연 사건들을 삶에 유리한 기회로 바꾸기 위해서는 호기심, 인내심, 유연성, 낙관성, 위험 감수의 5가지 기술이 필요하다고 설명하죠.

제가 인도하는 코칭 훈련 과정에 참여했던 분과의 기분 좋고 풍요한 만남이 저를 또 어디로 연결할지 아직은 잘 모르겠습니다. 다만 크럼볼츠가 이야기했던 호기심, 인내심, 유연성, 낙관성, 위험 감수의 기술을 발휘하여 제 삶에 찾아온 이 우연한 기회를 긍정적인 시선으로 바라볼 뿐입니다. 그분의 삶의 결을 보며 제 안에도 새로운 길이 만들어지고 있음을 봅니다. 오늘도 새로운 사람들을 만납니다. 오늘도 새로운 일들이 저를 찾아옵니다. 오늘의 연결은 어떤 길을 만들어낼까요? 그분의 책 한 구절이 마음을 간지럽히네요.

바람에게 길을 물었습니다.

바람이 대답합니다. 자기도 길을 잃었다고.

바람은 여전히 길을 만들고 있었어요.

그래도 괜찮아요. 내 발걸음이 길이 되니까

이주형, <산다는 건 그런 게 아니겠니>

내 발걸음이 길이 된다는 그의 언어가 오늘은 참 위로가 됩니다.

여러분의 발걸음은 어떤가요?

오늘 여러분은 어떤 길을 내고 있나요?

오늘 여러분의 삶을 노크하는 계획된 우연은 무엇일까요?

성찰을
위한
질문

코칭받을 기회가 된다면 어떤 이야기를 가장 먼저 하고 싶은가요?

당신의 이야기에 관해 코칭이 혹은 코치가 무엇을 해주기를 기대하나요?

실패라고 느껴지는 경험 속에서 당신이 얻은 것은 무엇이었나요?

그 순간 당신이 배운 것은 무엇인가요?

그때 당신이 시도한 것은 무엇이었나요?

지금 이 순간 (그때 그 순간) 당신이 당신 자신에게 기대하는 것은 무엇인가요?

오늘 당신이 향하는 곳은 어디인가요?

닫힌 문 반대쪽으로 열린 문이 있다면 그 문은 어디로 통하는 문일까요?

오늘 당신은 어떤 길을 내고 있나요?

오늘 당신의 삶에 찾아온 계획된 우연은 무엇일까요?

내 마음을 기록해 봅시다.

—————— PART 3

코치형 강사

A+ 학습디자인 스쿨

대학원 재학 시절, 아마 두 학기를 마친 겨울이었던 것으로 기억합니다. 당시 학습코칭 과목을 담당하셨던 교수님으로부터 전화를 받았습니다.

"상은 선생님, 이번 겨울방학에 대학생을 위한 학습법 특강 시리즈를 운영해 보려고 하는데, 함께 해보시는 거 어때요?"

당시 대학생을 마음에 품고 이들을 만나는 일을 하고 싶다 마음먹었던 제게 대학생을 대상으로 한 학습법 특강이라니요. 전화를 받는 순간 마치 제 인생에 기적이 펼쳐진 것 같은 느낌이었습니다. 불러주신 것만으로도 영광이라며 정말 묻지도 따지지도 않고 오케이를 했습니다. 교수님과 여러 번의 회의를 거듭하며 처음으로 대학생을 위한 교육 설계를 해보는 경험을 했습니다. <A+ 학습 디자인 스쿨> 이라는 이름으로 3일짜리 과정이 완성되었습니다. 각각 자기인식, 학습전략, 학습플랜 및 실행 세 파트로 나누어 설계했습니다. 이 설계과정만으로 마치 제가 이 과정에 참여하는 대학생이 된 것 같은 기분이었습니다. 학생들보다 제가 먼저 설렜다고 할까요?

처음에는 '교수님의 강의시간에 도우미 정도의 역할만 하면 되겠지' 하는 마음으로 참여했는데, 여러 번의 회의를 거듭하면서 교수님께서는 한 파트를 맡아서 해보지 않겠냐는 제안을 하셨습니다. 그렇게 저는 <자기인식> 파트를 맡아 진행하게 되었지요. 도우미에서 주 강사로 그 역할이 전환되면서 교육 설계만으로 설렜던 제 마음은 이제 터지기 직전입니다.

대학 4학년 때는 교생실습으로, 청년 시절부터는 교회 고등부 선생님으로, 어린이집 영유아 담당 선생님으로, 중학교 방과 후 특강 강사로, 중고등학교 진로교육 강사로 다양한 영역에서 교육 경험이 있었지만, 대학생을 대상으로 한 강의는 처음이었습니다. 게다가 코치라는 정체성을 가지고 하는 첫 강의였던 것으로 기억합니다. 저는 제가 맡았던 <자기인식> 파트의 강의를 좀 더 촘촘하게 기획하기 시작했지요. 현재의 자화상과 미래의 기대하는 자화상을 그려보며 내가 누구인지 인식하는 과정, 학습자로서의 나는 어떤 학습 스타일과 강점, 약점을 가졌는지 탐색하고 동료들과 교류하는 과정을 통해 새로운 학습 강점을 획득하는 게임, 학습 신념과 관련한 동료 간 토론, 공부하는 나만의 진짜 이유를 탐색하기 위한 인터뷰 과정, 목표 설정 과정까지 담긴 워크숍을 설계했습니다. 강사가 정답을 제시하는 일방적인 강의보다는 학생들의 생각을 촉진할 수 있는 활동 중심의 강의로 설계했죠.

수업 당일, 강단에 선 저는 드디어 청년들의 반짝이는 눈동자를 마주합니다. <A+ 학습 디자인 스쿨>이라는 이름 때문이었을까요? 학생들의 눈빛에는 반드시 A+를 획득하고 말겠다는 의지가 가득 담긴 듯했고, 그 눈빛을 마주하고 있다는 것만으로 저는 떨리기 시작했지요. 자신을 탐색하고 이해하는 과정에서 보여준 그들의 깊은 통찰은 저를 설레게 했습니다. 집중해서 서로를 인터뷰하는 모습, 몰입하여 서로의 생각을 나누는 모습들은 워크숍 과정을 설계한 이들을 뿌듯하게 했습니다. 질문하며 대답하는 그 시간 속에서 몰입하여 집중하는 청년들을 마주하는 저는 강사가 아니라 코치였습니다. 배우기만 하고 생각하지 않으면 얻는 것이 없다는 공자의 이야기를 굳이 빌려오지 않더라도, '자기 생각을 이야기하며 배우게 하는 학습은 강사와 학습자 모두에게 참 괜찮은 수업이구나'를 깨닫게 되는 시간이었습니다.

코칭은 몇 가지의 철학을 가지고 있습니다. 코칭이 사람을 바라보는 관점이라고 할 수 있죠. 바로 '모든 사람에게는 스스로 성장할 수 있는 가능성과 잠재력이 있다, 모든 문제나 이슈에 대한 답은 그 사람 안에 있다, 모든 사람은 창의적이다, 답을 찾기 위해 파트너가 필요하다' 등입니다. 어쩌면 저는 강의에도 이 코칭 철학을 담고 싶었나 봅니다. 강의의 주제가 어떠하든 강의에 참여하는 학습자들에게 있는 성장 가능성과 잠재력에 대한 믿음, 해결이 필요한 각자의 문제에 대한 해답을 이미 갖고 있다는 믿음, 강사인 나는 다만 파트너로서 그 사람 안에 있는 가능성과 잠재력, 해답을 끄집어내는 역할을 하는 사람이라는 인식을 강의에 녹여내고 싶었던 것 같습니다.

코칭 철학을 가득 담은 강의, 이 바람이 통했던 걸까요? 각 사람마다 나다운 삶의 한 챕터를, 나다운 인생의 한 컷을 다시 쓰게 되었다는 그 날의 강의가 여러 해가 지난 지금도 여전히 제 속에 A+ 강의로 살아있네요.

세 번째 고민: 어떤 강의를 해야 할까?
그렇게 강의해서 되겠어요?

앞서 코칭 철학에 관해서도 이야기를 했는데요, '모든 사람에게는 스스로 성장할 가능성과 잠재력이 있다, 모든 문제나 이슈에 대한 답은 그 사람 안에 있다, 모든 사람은 창의적이다, 답을 찾기 위해 파트너가 필요하다.' 등의 코칭 철학은 저의 삶에 참 많은 영향을 미쳤습니다. 꼭 코칭을 할 때뿐만 아니라 일상의 대화를 할 때도 '저 사람 안에는 어떤 가능성이 있을까?', '저 사람은 자신의 문제에 대해 어떤 답을 갖고 있을까?', '이 사람에게는 어떤 파트너가 필요할까?' 등의 생각을 저절로 하게 되었습니다. 어쩌면 이 건 코칭 철학이기 이전에 저의 삶의 관점이었던 것 같기도 합니다, 코치가 되기 전부터 이런 생각을 했었으니까요. 제가 가지고 있던 사람이나 삶에 관한 본래의 관점과 태도가 코칭 철학과 맞아 떨어졌기 때문에 이 일에 매력을 느꼈던 것 같기도 합니다. 나의 삶의 태도가 이론적으로 맞다고 검증받은 기분이었다고 할까요? (물론 사람을 연구하는 학문에는 여러 가지 다양한 관점과 이론이 있으니, 코칭 철학과 맞지 않는 생각을 하고 있다고 해서 틀렸다는 얘기는 아닙니다. 아시죠?)

저의 이런 관점과 태도는 강의 장면에서도 여실하게 드러났습니다. 일방적인 강의를 하는 경우는 거의 없었고 질문을 하거나 소그룹으로 토론을 하고, 그 결과 종합적으로 얻은 내용을 서로 나눠보게 하는 활동 위주의 강의를 디자인하는 경우가 많았지요. 그런 강의 형식을 통해 참여자들은 주입식이 아닌 자기 생각을 밖으로 꺼내는 표현식 학습을 하거나, 자기 생각과 관점을 스스로 정리해보는 시간을 갖습니다. 가르치지 않고 배우게 하는 학습, 가르치지 않고 깨닫는 학습을 표방하는 강사라고 할 수 있죠. 이런 강의는 제게 참 잘 맞았습니다. 제가 이미 알고 있는 답은 제 인생에서는 답이었을 수 있지만, 다른 사람에게도 꼭 답이 될 수는 없잖아요. 마찬가지로 그 사람의 답은 그에게는 답이었을지 모르나, 저에게는 답이 되지 않을 수도 있죠.

예를 들어, 저는 학습법에 대해 강의를 할 때 '이것이 좋은 학습법입니다'라고 말하지 않습니다. '당신의 학습 스타일은 어떤가요?'를 질문하고 '그런 스타일에는 어떤 학습법이 맞을까요?'를 다시 생각해보게 합니다. 어떤 사람은 노트 정리를 반드시 해야 학습이 잘 되고, 어떤 사람은 노트 정리 자체에 너무 정성을 들이기 때문에 노트 정리가 시간 낭비가 되기도 합니다. 어떤 사람은 시각적 자료를 활용해야 학습이 잘 되지만, 누군가는 청각 자료만으로도 충분한 학습이 됩니다. 그뿐인가요? 암기하는 방법도 각양각색입니다. 소리 내어 말을 해야 외워지는 사람이 있고, 키워드를 중심으로 외우는 사람도 있지요. 누군가는 그림으로 그려야 학습이 되고, 누군가는 맥락을 파악해야 합니다. 그야말로 '공부의 신 학습법'은 공부의 신에게는 맞는 학습법일 수 있지만, 나에게는 맞지 않을 수도 있다는 거죠. 진로를 탐색할 때도 마찬가지입니다. 가치와 의미를 부여해야 진로를 찾을 수 있는 사람이 있고, 행동을 자극하는 것만으로도 동기가 생기는 사람이 있습니다. 사람과의 관계가 의미 있는 사람이 있고, 관계와 상관없이 일이 중요한 사람이 있습니다. 이러니 다양한 사람들에게 같은 방식으로 진로와 학습을 탐색하게 할 수는 없는 거죠.

이렇게 많은 가능성과 다양성을 고려하니 강의 장면에서도 이것이 답이라고 이야기하는 것이 거의 불가능합니다. 제 강의를 들어보신 분들은 아시겠지만, 강의할 때 제 말의 어미는 거의 '~한 것 같습니다', '저는 ~라고 생각하지만, 제 생각이 정답은 아닙니다', '~하는 경향이 있지만, 모두가 그런 것은 아닙니다.'입니다. 어느 날 제 강의를 함께 진행했던 교수님 한 분이 제게 이야기합니다.

"남코치님, 자기가 코칭을 잘하는 건 좋은데, 강의에서는 답을 좀 줘도 되지 않을까? 학습자의 생각을 물어보기만 하는 건 학습자에게 도움이 안 될 것 같은데요. 강의는 그렇게 하면 안 될 것 같아요."

무척 부드러운 말투로 말씀하셨지만, 제게는 "너 그렇게 강의해서 되겠어?"처럼 들렸습니다. 엄청 충격적이었어요. 제 강의에 대한 발전적인 피드백이라는 걸 알면서도 마치 제 강의가 틀렸다고 얘기하는 것처럼 들렸나 봅니다. 그 뒤로 한참을 고민했습니다.

74

잘하는 강의는 뭘까?

학습자에게 도움이 되는 강의는 뭘까?

코칭철학이 오롯이 담긴 강의의 적정 수준은 어떤 모습일까?

안타깝게도 이 고민에 대한 답은 여전히 얻지 못했습니다. 다만 강의에 앞서 저 자신에게 늘 이 세 가지 질문을 합니다. 한결같이 치열하게 이 세 가지 고민을 합니다. 답은 없지만 고민하는 치열한 시간이 학습자에게 선한 에너지로 흘러가기를 바라지요. 때로는 한 번에 그 답을 얻을 수 없는 질문들이 있는 것 같습니다. 제겐 이 질문이 그러네요. 하지만 계속 고민하며 학습자들에게 다가갈게요.

얼굴 없는 강의장

여러분은 온라인 강의를 들어봤거나 해 보신 적이 있나요? 동영상 강의를 업로드한 온라인 플랫폼에서 비대면 비실시간 강의를 이용해 보셨을 수도 있고, 코로나 이후로는 온라인 실시간 플랫폼을 활용한 비대면 실시간 강의를 접해보신 분들도 많을 거라고 예상합니다.

저의 첫 비대면 강의는 고려사이버대학교와 교육부가 공동 개발하는 <커리어 코칭> 과정이었습니다. 제가 개발하는 강의가 KOCW에 업로드되고 전 국민에게 오픈된다는 사실은 가슴 떨리는 사건이기도 했지만 참 부담스러웠어요. 게다가 현장에서 듣는 사람이 아무도 없는 강의는 그야말로 난감하기 그지없었답니다. 강의는 학습자들의 빛나는 눈빛과 간절한 마음, 신나는 목소리로 엮어지는 것으로 생각했던 제게, 빛나는 눈빛이나 신나는 목소리도 없고 간절한 마음도 느껴지지 않는 강의(라고 쓰고 강의 촬영이라고 읽습니다)는 참으로 맛없는 강의였답니다. 첫 촬영 장면은 여전히 잊지 않아요. 딱딱하게 굳은 몸, 경직된 표정, 어색한 손과 발, 내 것인데 내 것처럼 느껴지지 않았던 내 몸에 부착된 모든 것들, 어느 하나 생각대로 되는 것이 없었던 시간이었답니다. 그런데요, 앞서 말씀드렸듯이 제가 강의를 잘하고 싶은 욕구가 엄청 큰 사람이잖아요? 이렇게 계속할 수는 없었지요. 제가 어떻게 했을까요?

처음엔 디자인과 촬영을 담당하는 선생님들께 촬영장 안에 들어오시면 안 되겠느냐 요청했습니다. 여러 가지 이유로 불가능하다고 하셨죠. 이유에 수긍이 되었습니다. 여러 고민 끝에 결국 두 번째 촬영부터는 혼자만의 인형놀이를 하기로 합니다. 저를 보고 있던 세 대의 모니터, 여러 개의 카메라, 시계, 테이블 등 촬영장 안의 모든 것들에 가상의 생명을 불어넣기 시작했어요. 모니터와 카메라들이, 시계와 테이블이 제 이야기를 재미있게 듣고 있다고 상상한 거죠. 마치 어린 시절 인형들을 앉혀 놓고 학교놀이를 하며 인형들이 저의 모든 이야기를 듣고 있다고 여겼던 것처럼요. 그렇게 매주 적응하기 시작했습니다. 나중에는 카메라 앞에서 웃으며 강의하는 제 모습을 보기도 했답니다. 하지만 여전히 이 강의는 제게 부끄러운 강의입니다. 그러나 새로운 시작과 도전이었기에 부끄러움에 격려를 한 스푼 얹어 봅니다.

그렇게 다른 사람들의 얼굴 없이 하는 강의는 이렇게 마무리되나 했습니다. 하지만 전 세계를 긴장으로 몰아넣은 코로나는 또 다른 경험을 하게 했습니다. 거리두기로 인해 대면 강의가 어려워지면서 많은 강의가 비대면 강의로 대체되었고 실시간, 비실시간 온라인 강의로 변화되었지요. 저 역시도 그 시기를 지나오며 그동안 대면으로 했던 강의들을 비대면으로 진행하기 시작했답니다. 온라인 시스템을 활용하는 강의는 사전에 촬영해야 하는 동영상 강의보다는 괜찮았어요. 그래도 실시간으로 강의를 듣는 사람들이 있었으니까요. 물론 이때는 이미 동영상 촬영에 익숙해졌을 때이기도 합니다.

점점 비대면 실시간 강의에 익숙해졌던 어느 날이었습니다. 모 지역 고용센터에서 커리어코칭 강의를 요청해 왔습니다. 취업을 준비하는 청년들을 대상으로 커리어와 관련된 내용으로 강의를 구성해달라는 요청이었지요. 저는 이 강의를 참여자들의 실시간 활동으로 이루어진 워크숍으로 구성했고, '인텐시브 커리어 코칭'이라는 제목으로 그룹 커리어 코칭을 진행하겠다고 말씀드렸습니다. 보통 12명 정도가 참여한다고 했기 때문에 그룹 코칭으로 구성해도 괜찮겠다는 생각을 한 거죠. 강의 당일, 시간보다 일찍 강의를 위한 온라인 플랫폼에 접속했습니다. 시간이 임박하자 참여자들이 하나, 둘 들어오기 시작하는데, 참여 인원이 무려 40명이 넘었습니다. 기관 담당자도 이런 일은 처음이라며 놀랐지요. 그런데 더 놀라운 일이 벌어집니다. 참여자 중 한 사람도 비디오를 켜지 않는 것이었습니다. 정말 참여자 화면이 까만색이었어요. 까만색에 이름만 하얀색으로 적힌 화면이 수십 개가 있는 그야말로 진풍경이 제 눈앞에 펼쳐졌습니다. 저는 참여자들에게 요청했습니다.

"여러분, 이제 시작하겠습니다. 모두 비디오를 켜 주세요."

화면이 일제히 밝아질 줄 알았던 제 기대와 달리 채팅창으로 글이 올라오기 시작했습니다. '너무 이른 아침이라 세수를 못 했습니다, 지금 정신이 없어서 화면을 못 켜겠습니다, 얼굴이 엉망입니다, 채팅으로 열심히 참여하겠습니다' 등 사연들도 각양각색이었지요. 그렇게 '얼굴 없는 강의장'에서의 강의가 시작되었습니다. 반응이 없을 것이 뻔하다는 생각을 했던 건 제 오만함이었을까요? 참여자들은 제가 하는 질문에 대해 채팅으로, 오디오로 열심히 대답해 주셨답니다. 생각보다 많은 인원에 놀라고, 얼굴을 아무도 안 보여주셔서 두 번째 놀라고, 어떤 그룹보다 열심히 참여해주셔서 세 번째로 놀랐던, 한참이 지난 지금까지도 기억할 수밖에 없는 강의가 되었습니다. 이후로는 온라인 참여자가 비디오를 켜지 않아도 이들이 열심히 참여하지 않을 거라는 편견은 갖지 않습니다. 이분들 덕분이지요.

이후 한 대학에서 수백 명이 한꺼번에 접속한 학습법 강의를 한 적이 있었는데요, 그때도 비디오를 켠 참여자는 손에 꼽을 만큼이었지만 수많은 학생이 열심히 참여하고 있다는 것은 채팅창을 통해 알 수 있었답니다. 수십 개의 채팅 내용이 주르륵주르륵 올라가는 게 눈에 보이니 저는 마치 사람들의 끊임없는 사연들을 빠른 눈으로 낚아채 읽어내는 라디오 디제이가 된 것 같았어요. 학창 시절 라디오를 들으며 품었던 '나도 이다음에 커서 라디오 디제이를 할 수 있으면 좋겠다'라는 꿈이 이루어진 느낌이었다고 할까요? 어느 순간 신나게 강의하고 있는 저를 발견할 수 있었답니다.

얼굴이 있는 강의장이든, 얼굴이 하나도 없는 강의장이든, 사람들이 이미 가지고 있거나 경험적으로 축적된 내면의 자원들을 잘 찾아내는 일, 스스로 자신의 자원들을 찾을 수 있도록 질문하고 듣고 돕는 일, 그 자리가 저의 자리인 것 같습니다.

오늘 여러분의 자리는 어디인가요?

10대 자녀의 학습과 진로를 위한 부모학교

큰 아이는 역사를 좋아합니다. 대학에 가서도 역사를 공부하고 싶다는 아이를 지지하지 않을 이유가 전혀 없는데, 아이가 고등학교 2학년에 막 올라간 학기 초, 아이의 꿈을 들은 담임 선생님은 역사학과를 가면 취업이 잘 안 되는 등 졸업 후 진로가 막막할 거라고 아이가 진로를 변경할 수 있게끔 저에게 지도해 달라고 하셨죠. 저는 선생님께 아이를 조금 지켜봐 달라 요청했습니다. 그 후 두 달쯤 지났을까요? 학부모 상담시간에 선생님은 같은 이야길 하셨고, 무슨 용기가 생긴 건지 저는 선생님의 의견에 동의하지 않는다는 진심을 말해버렸습니다.

"선생님, 저는 대학 전공이 직업과 꼭 연결되어야 한다고 보지 않습니다. 아이들도 다양한 경험 속에서 성공도, 실패도 해 보며 삶의 다양한 길들에 대해 생각할 시간이 필요하지 않을까요? 아이가 해보고 싶은 공부가 있고, 관심 있는 학문에 오롯이 몇 년을 집중해보는 경험 그 자체로 저는 의미가 있다고 생각해요. 그런 점에서 저희는 아이의 꿈을 지지합니다." ('그러니 쓸데없는 소리는 그만 하세요!!'라는 말은 가슴속에...ㅎㅎ)

이 이야기를 전해 들은 아이는 '우리 엄마가 진짜 짱이구나' 하는 감탄스러운 표정과 함께 "쌤이 울 엄말 몰랐네~ 울 엄마가 진로코친데... 그걸 모르고 용감하셨네~" 합니다. 아이의 표정이 제게 용기를 준 순간이었습니다.

선생님도 아이를 걱정하는 마음에 그런 말씀을 하셨다는 걸 잘 압니다. 아마 선생님은 이렇게 뭘 모르는 부모가 있나 하셨을지도 모르겠습니다. 어느 지점에서는 선생님 말씀처럼 아이를 말리지 않은 우리의 선택에 아이의 원망하는 소리를 듣게 될지도 모르고요. 그래도 괜찮습니다. 설령 그러한 순간이 오더라도 그런 아이의 마음을 안을 것이기에. 그리고 믿습니다. 좋아하는 것에 몰입해 본 사람의 힘을.

강의 현장이나 그룹 혹은 개인 코칭에서 10대 자녀의 학습과 진로 선택을 돕고 싶은 부모들을 자주 만납니다. 대학에서 청년들을 만나며 알게 된 사실 중 하나는 청년들이 지금 현재 가지고 있는 이슈는 10대 때 해결하지 못한 과제와 연결되어 있다는 것이었어요. 10대 때부터 고민하던 거였는데 말할 곳을 찾지 못해 풀지 못한 청년들, 10대에 고민하면 좋았을 것을 아무도 물어주지 않아서 고민할 기회를 못 얻은 청년들…. 10대 자녀를 둔 부모들을 만나게 된 까닭이었습니다. 코칭을 업으로 하면서 청소년이나 청년들을 자주 만나게 되었고, 이들은 부모로부터 받은 수많은 '무엇'에 다양한 모양으로 영향을 받고 있었음을 발견했습니다. 그 '무엇'들은 그들을 자라게도, 자라지 못하게 막고 있기도, 때론 아프게도 한다는 사실을 알게 되었습니다. 아쉬움과 충분함이라는 양면, 그 상황이 어떠하든 아이들을 살리는 존재로 있어야 하는 부모라는 존재, 존재하나 부재한 부모, 그리고 부재하나 존재하는 부모에 관한 생각들이 저로 하여금 부모들을 만나고 싶다는 결심을 하게 했습니다.

막상 부모들을 만나보니, 부모들은 아이와 이야기하고 싶은데 어떻게 시작해야 할지, 무엇을 해야 할지, 아이에게 필요한 것이 무엇인지 잘 모르겠다는 고민이 있었습니다. 같은 방향성을 가진 고민이 타이밍이 맞지 않아서, 방법이 맞지 않아서 서로 만나지 못하고 있었던 거죠.

변화의 속도가 빨라진 세상은 트렌드를 읽는 것이 중요하다고 이야기합니다. 그러나 한편으론 트렌드를 읽느라 나를 읽는 것을, 우리의 아이들을 읽는 것을 놓친 것은 아닐까 염려가 되기도 합니다. 미래사회를 예측하고 사회 각 영역에서의 변화와 트렌드를 읽는 눈과 더불어 그 사회를 살아갈 개인으로서의 나를, 우리 아이들의 독특성과 고유함을 읽는 눈을 가지고 있어야 하지 않을까 하는 생각을 하게 되는 것이지요.

<깨달은 나무 디토>의 저자 김보승 님은 그의 책에서 이런 이야기를 합니다.

"우리는 때때로 스스로에게 너무 엄격합니다. 자신의 장점보다는 단점에, 가진 것보다는 가지지 못한 것에 연연하며 스스로의 모자람을 책망하곤 합니다. 하지만 우리를 행복하게 만들고 앞으로 나아가게 하는 것은 바로 자기

만의 가능성이 무엇인가를 분명하게 인식하는 깨달음입니다. 자신이 누구인지, 무엇이 나를 즐겁게 하는지 진실로 깨닫게 되면 그것에 집중하는 방법도 저절로 터득하게 될 것입니다."

　실제로 우리 청년들을 만나서 이야기를 들어보면 그들 안에 제법 길고 깊게 자라난 '단점'과 '모자람'의 뿌리를 보게 됩니다. 1등이 아니었기에 늘 모자람을 느껴야 했던 나, 1등이었지만 치고 올라오는 친구들로 인해 늘 불안했던 나, 공부를 못하기에 모자란 사람인 것 같았던 나, 그런 내가 보내는 모자람과 부족함, 불안함의 메시지는 자기 안의 가능성을 보지 못하게 막고 있었습니다. 개구리처럼 팔짝 뛰지 못하는 자신을, 나비처럼 날지 못하는 자신을 아무짝에도 쓸모없다고 여기던 나무 디토의 모습에서 우리의 자녀들을, 청년들을 떠올릴 수밖에 없었던 이유입니다.

　우리는 모두 남과는 다르게 지어진 존재들이죠. 따라서 남들처럼 사는 건 애당초 불가능합니다. 다만 우리가 할 것은, 각자 특별하게 지어진 모양대로 나를 사랑하고, 각자 특별하게 지어진 타인들과 조화롭게 어울려 살아가면서 사랑을 나누는 것이 아닐까 합니다. 여기서 말하는 사랑이란 에로스가 아닌 존중과 인정, 공감과 협력, 이해와 나눔, 헌신과 기여 등을 의미합니다. 그러려면 각자의 특별한 모양을 먼저 아는 것이 중요하겠죠. 특별히 10대의 자기인식은 자신에게 중요한 어른들의 시선으로부터 시작됩니다. 그래서 10대와 함께하는 어른들의 아이들을 향한 섬세한 관찰이 중요하죠. 아이가 어떤 학습을 좋아하는지(오해하지 마세요. 제가 말하는 학습은 국, 영, 수, 사, 과의 학습뿐만 아니라, 살면서 다양한 경험을 통한 학습을 모두 포함합니다. 학습이라고 쓰고 '학습이나 경험'이라고 읽으면 딱이겠죠~), 어떻게 학습하는 것을 즐거워하는지, 어떤 학습 환경을 선호하는지, 어떤 시간에 학습하는 것을 편안해하는지 등을 비롯한 학습이나 경험에 관한 아이의 정서나 태도 등을 관찰하고 발견하여 아이에게 전해주고 아이의 생각과 마음의 소리를 들어보아야 합니다.

어린 시절 체력장(체력장을 모르시는 분도 있겠네요. 단거리 달리기, 오래 매달리기, 턱걸이, 오래달리기, 윗몸일으키기, 던지기, 멀리뛰기 등으로 구성된 체력 평가 시스템을 그 시절 우리들은 종종 '체력장'이라고 불렀답니다. 아... 옛날 사람 인증이네요ㅎㅎ) 종목 중에는 팔 힘을 요구하는 종목이 두 가지 있었습니다. 바로 던지기와 오래 매달리기였죠. 저는 던지기를 참 못했습니다. 어깨가 빠질 것 같은 느낌으로 힘껏 던졌는데도 제가 던진 물체는 얼마 못 날아가고 코앞에서 떨어지곤 했어요. 반면 오래 매달리기는 늘 만점이었어요. 둘 다 팔로 하는 종목인데 무슨 차이였을까요? 운동에 대해 잘 모르는 저의 결론은, 오래 매달리기는 신체적인 조건들 외에 정신력을 요구하는 종목이라는 생각이 들었습니다. 어린 시절 제게 있었던 건 약한 팔 힘과 그와 비교해 강한 끈기와 의지였습니다. 그런데 중요한 건 그 끈기와 의지가 모든 영역, 모든 상황에서 동일하게 발휘된 건 아니었다는 거죠. 그러면서 아이들을 이해해 봅니다. 아이들도 모든 상황과 모든 영역에서 끈기와 열정을 발휘하는 건 아니겠구나, 언제 어디에서 자신의 가능성을 온전히 드러낼 수 있을지 살펴보게 됩니다.

부모학교는 이렇게 자기를 모른 채 공부의 신 학습법을 따라 하고, 자기를 모른 채 남들의 꿈을 진로로 선택하고, 자기를 모른 채 자기가 문제라고 생각했던 아이들을 안아주길 원하는 부모를 위한 자리입니다. 공부하고 싶은 열정이 있으나 학습할 수 없었던 상황과 사정, 그리고 부재한 전략, 공부하라는 사람은 많고 가르치는 사람도 많으나 지지하고 격려하며 파트너로 함께 걸어주는 사람은 많지 않았던 아이들의 상황에 함께 하길 바라는 마음의 어른들을 위한 자리입니다. 10대들의 20대가 좀 더 희망적이기를 바랍니다. 20대들의 10대가 그들을 성장시키는 시간이 되기를 바랍니다. 이를 위해 아이들이 가진 각자의 독특성과 고유함을 알아주고, 아이들이 가진 자기만의 방식을 이해하고 격려하는 부모들이, 어른들이 더 많아지기를 소망합니다.

꿈이 꼭 있어야 하나요?

얼마 전 청년들과 커리어 설계에 대한 그룹 코칭을 진행할 때였습니다. 한 청년이 물었습니다.

"저는 제 꿈이 아직 정해지지 않았어요.
그런데 어떻게 커리어 설계를 하죠?"

사실 이런 질문은 커리어 코칭을 진행할 때마다 흔히 받게 되는 질문이기도 합니다. 청년뿐만 아니라 청소년도 마찬가지죠. '꿈이 꼭 정해져 있어야 하냐'는 질문부터 '꿈을 정하는 것이 너무 부담된다, 진로를 결정한다고 꼭 그 길로 가는 것은 아니지 않냐, 그 길로 갈 것도 아닌데 내가 왜 진로에 대해 생각해야 하냐, 무언가를 하다 보면 꿈은 어딘가에 있지 않겠느냐'는 반문까지 질문은 다양하기도 합니다.

그런데요, 이런 물음들을 품고 그들은 왜 커리어 코칭을 받으러 왔을까요? 사실 답답한 마음으로, 어쩌면 아직은 무얼 해야 하는지 모르는 채로 있는 것 같지만, 무언가를 발견하고 싶고, 무언가를 찾고 싶은 욕구가 그들 안에 있기 때문입니다. 다만 답답한 마음을 '꼭 해야 하냐'는 반문으로 표현하는 것이지요.

질문했던 청년에게 말했습니다. 괜찮다고, 꿈이 아직 정해지지 않았어도 괜찮다고요.

"꿈이 아직 정해지지 않았어도 당신이 살고 싶은 삶의 모습이 있잖아요. 10년 후 어떤 삶을 살고 싶어요? 20년 후 어떤 삶을 살고 싶어요? 지금 당신의 상황이나 처지, 상태를 생각하지 말고 그냥 맘껏 한 번 상상해 봐요. 상상을 나열해보면 맥락을 같이 하는 것들이 있을 겁니다. 그것들을 한데 묶어요. 그러고 나서 그것을 이루기 위해 3년 안에 해야 할 것은 무엇이 있을까, 혹은 3년 안에 하고 싶은 것은 무엇이 있을까 다시 생각해보는 거죠. 3년 안에 할 일이 결정되었으면 이젠 그것을 이루기 위해 매일매일 작게 시작할 행동을 찾아보는 거예요."

듣고 있던 다른 청년이 묻습니다.

"10년 후 꿈꾸는 삶을 나열한 것이 영 맥락이 안 맞는 것들이면 어떻게 하나요?"

"맞아요. 그럴 수도 있어요. 그땐 각각 3년 안에 해야 할 일들과 매일매일 시작할 행동을 정리한 후, 쭉 검토하면서 가장 먼저 해보고 싶은 일을 시작해보면 됩니다."

한 10년 전쯤이었을까요? 무한도전의 서해안고속도로 가요제에서 이적 님과 유재석 님으로 구성된 '처진 달팽이'가 부른 '말하는 대로'라는 노래가 있습니다. 말하는 대로, 생각한 대로 될 수 있다고 우리를 위로하고 격려하는 그 노래의 가사가 너무 좋아서 온종일 듣고 있었던 기억이 납니다. 그중에서도 거의 마지막 부분의 가사였는데요.

주변에서 하는 수많은 이야기
그러나 정말 들어야 하는 건 내 마음속 작은 이야기
지금 바로 내 마음속에서 말하는 대로

유재석 님의 낮은 읊조림. 담담하고 낮게 읊조리는 가사에 가슴이 쿵쿵 내리쳐지는 경험을 했습니다. 학교에서, 사회에서 듣던 수많은 이야기 속에서 나는 정작 내 속의 이야기를 한 번도 들은 적이 없구나, 아니 들으려고 생각한 적도 없구나. 이 노래가 참 고마웠습니다.

이 노래에 대한 저의 경험을 듣던 청년 중 한 명이 이 노래를 틀었고 우리는 함께 듣기 시작했습니다. 그리고는 서로의 마음을 향해, 그리고 우리 각자의 마음을 향해 한마음으로 이렇게 속삭였던 것 같아요.

'지금부터라도 말해 보자...'

'지금부터라도 맘먹어 보자….'
'지금부터라도 뭐든 꿈꿔 보자….'
'내 이야기를, 내 마음에 귀 기울여 보자….'

그리고 우리는 하나씩 쓰기 시작했습니다. 남들에게 얘기했다가 비웃음을 당했던 꿈, 남들에게 얘기했다가 "네가?" 하며 괜히 핀잔을 받았던 꿈, 문득 떠올렸다가 "내가?" 하며 스스로 핀잔을 주었던 꿈을요.

말하는 대로 될 수 있다고 그대 믿는다면
마음먹은 대로 (내가 마음먹은 대로)
생각한 대로 (그대 생각한 대로)
도전은 무한히, 인생은 영원히
말하는 대로 말하는 대로
말하는 대로 말하는 대로
처진 달팽이, <말하는 대로>

여러분은 오늘 무얼 말해볼래요?
말하는 대로, 마음먹은 대로 될 수 있다면,
할 수 있다면, 무얼 마음먹어 볼래요?
무얼 말해볼래요?

교수님의 강의는 살아있어요

20년 전, 모 대학의 교육학 개론 수업 시간, '산골짝에 다람쥐~'로 시작하는 노래에 맞춰 박수를 쳐보는 활동으로 한 수업이 시작되었습니다. 발표 수업이 많지 않던 시절, 당시 교육학 담당 교수님께서는 '너희들은 모두 선생이 될 거니 지금부터 강의 연습을 해야 한다'며 수업 시간마다 학생들에게 교육학 개론의 한 챕터씩을 강의하게 시키셨습니다. 간단하게나마 커리큘럼을 기획하고, 수업 시작 전 집중 활동을 무엇으로 해야 할지, 어떤 식으로 강의를 진행할지 등을 생각해보는, 그야말로 교육 디자인의 시작이 바로 그곳에서 이루어졌습니다. 사실 제가 맡은 부분이 어떤 부분이었는지는 생각나지 않습니다. 다만 다람쥐 노래에 맞춰 사전활동을 했고, 그 활동이 너무 인상적이었다며 한 번 더 강의를 시키셨던 교수님이 생각날 뿐입니다. 물론 너무 떨려서 뜨거운 커피를 석 잔이나 마셨던 기억도 있고요. 바로 저의 첫 번째 강의에 대한 기억입니다.

몇 년 전부터 모교이기도 한 숭실대학교 교육대학원 커리어·학습코칭 전공에서 다양한 강의를 하기 시작했습니다. 석·박사 학위를 취득하는 과정에서 코칭을 강의하시는 여러 교수님을 만나며 저도 모르게 '나도 학문으로서의 코칭을 강의하고 싶다'는 꿈을 마음에 품었던 것 같아요. 특히 후배들에게 강의한다는 건 더욱 설레는 일이었습니다. 하지만 그만큼 마음의 부담이 큰일이기도 했어요.

저는 선배들께는 잘 못 하는 후배예요. 하지만 후배들을 잘 챙기고 싶은 선배랍니다. 어느 수업에서 "후배라고 얘기하고 찾아오시면 묻지도 따지지도 않고 무조건 밥 사드립니다"라고 얘기했을 정도니까요. 그러다 보니 후배들과 자주 이야기를 나누게 되었고, 대학원 학습이나 코치로서 일에 관한 고민을 들을 기회가 많았습니다. 비단 재학 중이었을 때뿐만 아니라, 졸업 후에도 후배들의 이야기를 듣는 일은 계속되었습니다. 함께 수학하지 않았던 후배들에게도 종종 연락이 오곤 했으니까요. 그러다 보니 수업에서의 좋은 점, 고민되는 점들을 속속들이 알게 되었고, 이것은 제 첫 수업에 부담과 책임으로 고스란히 얹어졌습니다.

제가 모교에서 처음으로 맡게 된 수업은 <커리어·학습코칭 프로그램 개발의 이론과 실제>라는 과목이었어요. 공통수업이다 보니 당시 대학원 재학생 스무 명이 모두 듣는 수업이 되었습니다. 첫 수업을 마치고는 3일을 앓아누웠던 기억이 있어요. 이미 몇 년 동안 들어 알고 있는 수업에 관한 후배들의 마음 때문에 수업 시간 내내 학생들의 눈빛과 태도에 대해 긴장했던 거였죠. 그 날 스무 명 재학생들의 눈빛이 모두 기억납니다. 이 부분에서는 기대하고 있구나, 이 부분에서는 의아해하고 있네, 저분은 이 지점이 어렵구나 등 정말 스무 명의 모든 순간이 기억났습니다. 이러니 앓지 않을 수가 없었겠죠. 학생들의 기대와 열망을 만족시키고 싶다는 제 마음이 통한 걸까요? 학기 말, 강의 평가 내용에는 이런저런 모양으로 정성스러운 강의 피드백이 있었습니다. 그중에서도 살아있는 강의라는 평은 꼭 듣고 싶었던 말이기도 했지요.

"어려운 코칭 이론을 실제 코칭 현장에서 일어나는 사례로 풀어주셔서 이해하기 쉬웠습니다. 이론과 실제의 이야기를 함께 들려주시는 교수님의 강의는 살아있는 강의라고 느낍니다. 살아있는 강의를 해 주셔서 감사합니다."

3일을 앓았던 학기 초의 시간이 전혀 아깝지 않은 피드백입니다. 강의를 잘하고 싶지 않은 교수자가 어디 있겠습니까마는 제 안에는 강의를 잘하고 싶은 마음이 크게 있습니다. 의미 있는 내용을 학습자들이 재미있고 쉽게 듣고 배울 수 있게 하려고 고민하고 연구하는 시간이 참 즐겁습니다. 특히 함께 코칭을 하고 있고 또 코칭을 하려고 준비하는 후배들에게는 더욱 의미 있는 강의를 하고 싶은 마음이 아주 깊게 있지요. 제가 생각하는 의미 있는 강의는 이렇습니다. 이론적으로 탄탄하지만 재미있고, 실제 현장에서 충분히 활용할 수 있으면서도 기억에 남는 강의. 그래요. 어쩌면 학생들이 남겨 준 피드백처럼 살아있는 강의를 하고 싶습니다. 이쯤 되면 코칭을 가르치는 사람으로서의 정체성이 아직 형성되지 않았다고 얘기했던 과거의 제가 조금은 변화하고 성장했다는 생각이 들기도 하네요.

오늘도 살아있는 강의를 위해 책과 논문을 보며, 연구하고 코칭합니다.

성찰을
위한
질문

오늘 당신의 마음을 두근거리게 하는 일은 무엇인가요?

당신은 당신 자신에게 어떤 미래를 기대하나요?

지금 현재 당신의 모습은 미래 바라는 모습과 비교할 때 어떤가요?

아무리 물어도 답을 얻기 힘든 당신의 고민은 무엇인가요?

그 고민 안에 숨은 당신의 기대와 열망, 욕구는 무엇인가요?

어떤 상황에도 상관없이 당신이 할 수 있는 것은 무엇인가요?

변화무쌍한 정치·경제·사회·문화적 트렌드를 읽느라

당신이 자신에 관해 놓친 것은 무엇인가요?

당신의 의지와 끈기가 발휘되는 영역은 어디인가요?

말하는 대로 될 수 있다면, 할 수 있다면 무얼 말해볼래요?

마음먹은 대로 될 수 있다면, 할 수 있다면 어떤 마음을 먹어 볼래요?

내 마음을 기록해 봅시다.

PART 4

코치가 되고 난 후 만난 사람들

나를 발견하는 방법: 화해

"대학입시에 실패했습니다. 재수하며 열심히 공부했고, 그 결과 모의고사를 볼 때마다 고3때보다 좋은 성적을 받을 수 있었습니다. 6월이 지나면서 계속 좋은 성적을 받자 나태해지기 시작했습니다. 조금 쉬었다가 9월부터 다시 공부해도 11월 수능에선 좋은 결과를 얻을 수 있을 것 같았습니다. 그러나 한 번 쉬었던 공부 패턴은 쉽게 잡히지 않았습니다. 결국, 수능에 다시 실패했고 삼수를 하기에 이르렀습니다. 3년이나 고3 공부를 하고 있다 보니 지칠 대로 지쳤습니다. 나를 설득하기 시작했습니다. 이건 중요한 게 아니라고. 성적이, 대학이 뭐 그리 중요하냐고. 편하게 공부하자. 뭐 그리 힘들게 공부하냐. 그래서 편하게 공부하기 시작했고, 수능 점수는 만족할 만하지 않았지만 이미 점수나 대학이 중요한 것이 아니라고 생각했기 때문에 별로 개의치 않았습니다."

모 대학에서 코칭을 하면서 만나게 된 청년의 이야기입니다. 뭐 여기까지는 일반적인 고3, 재수, 삼수생의 수험 생활담일 수 있습니다.

"저는 공부만 열심히 하는 애들은 좀 찌질해 보여요. 중요한 게 많이 있

98

는데 공부만 파고 있는 모습이 정말 싫어요. 성적 좀 좋은 애들만 이뻐 하는 교수들도 진짜 찌질해요. 대학생들이 할 수 있는 게 얼마나 많은 데, 성적에만 그렇게 매달려 있는 게 너무 우습지 않아요?"

대학생 대부분은 자신의 진로나 학습 고민을 이야기하는데, 그의 이야기 속에는 고민이 아니라 예사롭지 않은 분노가 있음이 느껴졌습니다. 그에 게 물었지요.

"공부만 할 수도 있고, 다른 것을 하며 더 넓은 세상으로 발을 뻗어 나갈 수도 있지요. 사람마다 다른 삶의 모습을 선택할 수 있으니까요. 그런데, 당신은 자신과 다른 사람들에게 왜 그렇게 화가 나 있을까요?"

이렇게 시작된 그와의 대화에서 우리가 발견한 것은 그가 자기 자신에 대해 용서하지 못하고 있는 것이 있다는 점이었습니다. 제때에 공부하지 않았던 나, 잘하다가 중간에 놓았던 나에 대한 자책의 화살이 다른 사람에게 향하고 있다는 것을. 그리고 그 화살은 다른 사람을 거쳐 결국 나에게로 향하고 있었다는 것을 발견하게 되었지요.

이 청년과는 한 학기 동안 1-2주에 한 번씩 코칭을 이어갔고, 코칭이 진행되는 동안 그는 점점 더 사랑스럽고 탁월한 자신의 모습을 발견해 가기 시작했습니다. 내면의 깊이가 남다른 사람, 오늘이 기적임을 아는 사람, 자신에게 주어진 시간이 그냥 주어진 것이 아님을 아는 사람, 자기 내면의 욕구를 잘 알아차리는 사람, 자신의 욕구대로 움직이고 행동하는 사람, 누군가에게 도움을 주고 싶은 사람, 호기심이 많은 사람, 호기심을 그냥 지나치지 않고 탐구심을 발휘하는 사람, 귀엽고 사랑스러운 사람, 함께 있는 시간을 행복하게 만들 줄 아는 사람 등 자신의 내면을 알아가기 시작했지요.

정기적인 코칭을 마친 후에도 1년에 한두 번 정도는 소식을 전하며 성장하는 모습을 보여줬지요. 그럴 때마다 기쁨이 있었습니다. 어떤 날은 공모전에서 수상하게 되었다는 연락을 주기도 했고, 어떤 날은 취업 준비로 바쁘다는 소식을 전하기도 했습니다. 그러던 어느 날, 그는 대기업에 취업했다며 제게 소고기를 선물로 보내주는 거 아니겠어요? 제가 축하할 일에 이게 무슨 일이냐고 물었더니 사랑스러운 대답을 돌려줍니다.

"대학 재학 시절 코치님과의 대화를 통해 제 마음을 발견했고, 평정심을 유지할 수 있었어요. 누군가 나를 응원해주고 있다는 사실이 너무 힘이 되었고, 늘 받기만 해서 언젠간 갚아야 한다는 사람 리스트에 코치님이 1순위로 있었어요."

그 후로 이 청년은 제게 소고기 청년이 되었습니다. 자신을 향해 내고 있던 '화'가 가진 에너지를 자신을 위해 쓰기 시작한 청년의 기쁜 날, 그 기쁨을 함께 나눌 수 있는 사람으로 존재한다는 것이 무엇보다 좋았습니다.

가끔 우리는 나도 모르는 사이 나를 자책하고 있습니다. 나도 모르는 사이 나를 용서하지 못하고 그 화살을 다른 사람에게 쏩니다. 화살은 돌고 돌아 다시 나에게로 와서 내 가슴에 생채기를 냅니다. 내가 나답지 못한 삶을 살게 하기도 하지요. 혹시 아직도 나 스스로 용서하지 못하고 있는 것이 있나요? 어쩌면 별일이 아닐지도 모르는데 눈덩이 굴리듯 키우고 있었던 건 아닐까요? 신께서도 우리 죄를 사하신다는데, 하물며 우리가 뭐라고요.

혹시 저 기억하실까요?

코치로서 가장 행복한 순간은 "코치님, 혹시 저 기억하실까요?"로 시작하는 문자나 카톡을 받을 때입니다. '이런 문자나 카톡을 자주 받는 나는 꽤 괜찮은 코치가 아닐까'라는 자뻑을 할 수 있는 아주 귀한 기회가 되죠. 오늘도 한 청년에게서 연락이 왔습니다.

"안녕하세요, 코치님. 저 혹시 기억하실까요? 2년 전에 진로 코칭을 받았던 학생 OOO입니다. 코칭 끝나고 인스타그램 그림 계정을 만들기로 했는데, 시간이 지나 이제야 활동을 시작했어요. 코칭을 받으면서 '내 그림으로 사람들에게 좋은 감정을 전해주겠다'라는 목표와 꿈을 되새기면서 제 문제를 하나씩 해결하다 보니, 지금은 자신감도 생기고 그때보다 활력도 더 생겼어요. 그때의 코칭이 이 일을 시작할 용기를 준 것 같아 감사한 마음에 갑작스럽지만 이렇게 메시지를 보냅니다. 코치님, 그때 제가 1학년이었는데 벌써 곧 3학년이 되네요. 짧은 시간이었지만 도움이 많이 되었습니다. 감사합니다!!"

정말 더 감사한 건 이렇게 갑작스러운 연락에도 이 친구가 어떤 친구였는지 기억이 난다는 겁니다. 이렇게 우리의 기억은 우리를 더 깊은 대화로 인도하게 됩니다.

"그때 네가 추천해준 영화를 딸과 재밌게 봤잖아."
"어머, 코치님, 그것까지 기억하세요?"

청년의 메시지에서도 상기된 모습이 그려집니다. 인사와 소식을 나누고 방문한 그녀의 인스타그램에는 참 따뜻한 그림이 여러 개 업로드되어 있었습니다. 매체를 통해 타인의 인생에 모티브가 되고 싶다던 이 청년은 작가로서의 부캐로 본인의 꿈처럼 따뜻한 그림을 그려내고 있었습니다. 자신의 그림으로 사람을 포근하게 안아주고 있었죠. 그의 그림은 오늘의 저에게도 영감을 줍니다. 책을 쓰고 있다는 얘길 전하자, 자신의 그림이 제 책에도 도움이 되었으면 좋겠다는 설레는 이야기도 나눠주었습니다.

엊그제는 온·오프라인을 통틀어 1,000명 이상의 코치들이 모이는 큰 행사에서 한 분이 반갑게 와서 인사를 합니다.

"교수님, 안녕하세요. 저 모르시지요. 저는 고려사이버대학교에서 교수님 강의를 수강하고 있는 학생입니다. 너무 뵙고 싶었어요. 좋은 강의를 해주셔서 정말 감사드려요. 제가 학우들에게도 그 강의를 엄청 추천했답니다."

제게는 아직 부끄러운 강의로 남아 있는 그 강의를 들으며 저를 만나고 싶었다고 찾아온 그녀를 꼭 안지 않을 수 없었습니다. 사실은 그녀의 품에 제가 안긴 것일지도요. 며칠 전에는 커리어와 관련된 그룹 코칭에서 만난 한 분이 제 SNS를 통해 댓글을 남기셨습니다.

"코치님, 제가 엉뚱하게 그림책을 그리고 싶다 했었는데 너무나 생생하게 응원해주셔서 불가능한 일이라 생각하지 않고 저도 꿈꾸게 되는 계기가 되었었지요. 시간이 지났지만, 다시 힘내고 있어요. 저를 적극적으로 응원해주셔서 감사했어요."

누군가의 기억에 남는다는 것은 어떤 의미일까요? 제가 좋아하는 카드 도구 중에 리멤버카드라는 것이 있습니다. 코칭 중에 자주 사용하는 도구이기도 한데요, 이 카드는 '당신은 어떤 사람으로 기억되고 싶은가요?'라는 질문에 대한 답을 찾아보면서 자신의 가치관과 소명 등을 알아보는 카드이지요. 경영학의 구루 피터 드러커(Peter Drucker)가 그의 제자들이 자신의 끝을 생각하고 삶을 살기를 바라는 마음으로 했던 질문이라고 해요. 카드를 활용하여 이 질문에 대한 답을 찾아보면서, 저와 저의 고객들은 자기 삶의 목적을 구체적으로 정리하는 계기를 만들기도 했습니다. 저는 누군가에게 따뜻하고 친절한 사람, 재능을 활용하여 타인의 성장을 도운 사람, 전문 분야에서 성취를 이룬 사람, 의미 있는 일에 탁월함을 발휘한 사람, 아름다운 언어로 세상을 향기롭게 바꾼 사람으로 기억되길 바랐습니다.

그런데요, 예기치 않게 날아든 "혹시, 저 기억하실까요?"라는 짧은 한 문장은 이런 사람으로 기억되기를 바라는 오늘의 저를 꼭 안아줍니다. 그리고 이 문장으로 시작된 저의 기억은 그를 다시 들뜨게 합니다.

여러분은 어떤 사람으로 기억되고 싶은가요?

당신의 삶은 누가 책임지고 있나요?

어린 시절부터 지역 어린이 기자단을 하며 기자의 꿈을 키워 온 청년이 있었습니다. 초등학교 때부터 지자체의 어린이 기자단, 청소년 기자단 활동을 하면서 대학 전공도 언론정보학과를 선택하여 입학했다고 했죠. 어떻게 그렇게 어린 시절부터 한 방향의 삶을 살 수 있었는지 물었습니다. 답을 기다리는 동안 굉장한 설렘이 있었지요.

"아빠가 기자가 좋겠다고 하셨고, 어린이 기자단이며 청소년 기자단 활동들도 아빠가 기회를 알아봐 오셨어요. 아빠가 나보다 현명하다고 생각했으니 당연히 저는 잘 따랐고요. 재미없지도 않았어요. 기자단 경력으로 대학 입학도 할 수 있었습니다."

다리가 풀리는 순간이었지요. 사실 이 청년은 그렇게 원하는 전공으로 공부를 시작했는데 '이게 과연 내 길이 맞나?' 하는 생각이 들어 코칭을 받으러 왔다고 했습니다. 대화를 통해 사실은 자기의 꿈이 아닌 아빠의 꿈이었다는 것을 발견하게 됩니다. 그러나 아빠의 꿈으로 비롯된 그 경험 속에서도 자신을 발견할 수 있었습니다. 바로 기자단 활동을 하며 즐거웠던 순간,

바로 사람과 함께 탐험하고 조사하는 일을 좋아하는 자신이었죠. '이게 내 길이 맞나?' 하는 의문은 아빠가 원하는 삶에서 자신이 원하는 삶으로 전환하는 계기가 되었습니다.

유난히 친구들과의 약속이 많은 청년이 있었습니다. 자신이 계획했던 일이 있었지만, 친구에게 전화가 오면 의리를 지키기 위해 곧장 약속 장소로 향했지요. 중요한 시험을 앞두고 있던 날도 여지없었습니다. 그 청년에게 물었습니다.

"자신이 할 일도 미뤄둘 만큼 친구와의 의리를 지키는 것이 중요한 까닭은 무엇인가요?"

그가 대답합니다.

"책임감이죠. 사람은 누구나 다른 사람에 대한 책임을 질 필요가 있다고 생각해요."

그에게 다시 물었습니다.

"그렇다면, 당신 자신에 대한 책임은 어때요? 당신의 인생은 누가 책임지나요? 당신의 시간에 대한 책임은 어떻게 지고 있어요?"

다소 도전적으로 느껴졌을 제 질문에 할 말을 잃었던 그의 모습이 또렷하게 기억납니다. 잠시 할 말을 잃었던 이 청년은 이내 자신의 인생과 시간에 대한 책임은 한 번도 생각해본 적 없다는 이야기를 들려줍니다. 그는 지금까지 누구의 삶을 살고 있었던 것일까요? 이 밖에도 동생들의 삶을 살던 청년, 엄마의 삶을, 선생님의 삶을 살던 청년들을 수도 없이 만났습니다. 부모님의 수고에 대한 책임, 친구들과의 의리에 대한 책임, 자신을 둘러싼 환경에 대한 책임. 생각보다 많은 청년이 부담과 책임을 안고 살아가고 있었습니다. 코칭의 여러 세션 중 꼭 한 세션에서는 이 이슈를 다루게 될 정도로요.

"저 때문에 부모님이 많은 고생을 하셨어요. 얼른 돈 벌어야죠. 좋아하는 걸 찾는 건 사치에요."
"친구들 챙겨야죠. 그게 의리 아닌가요?"
"지금 상황에선 어쩔 수가 없어요. 다른 생각을 하기엔 상황이 너무 안돼요."

다른 사람들의 인생에 대한 책임과 부담으로 인해 자신의 삶을 돌보는 것은 잊었던 많은 청년에게, 어쩌면 다른 사람들에게는 '착한 사람', '의리 있는 사람'의 모습으로 비추어졌지만, 자신에게는 누구보다 '나쁜 사람', '의리 없는 사람'이었을 그들에게 물었습니다.

"당신의 삶은 누가 책임지고 있나요?"

그들의 마음이 훌쩍이며 대답합니다.

"그랬네요. 제 인생이 어떻게 되는지는 생각하지 못했습니다."

비로소 자신의 삶을 찾아가기 시작한 청년들을, 나의 삶에 대한 애정과 책임으로 인해 타인의 인생과 주변의 상황에 대한 새로운 시각을 갖게 된 청춘들을 응원합니다.

여러분의 모습은 어떤가요?
여러분은 지금 누구의 삶을 살고 있나요?
현재 여러분의 인생은 누가 책임지고 있나요?

구운 고기가 먹고 싶어요

대학 1학년 1학기를 보낸 청년을 코칭으로 만났습니다. 그는 한 학기 동안 총 여섯 번의 코칭을 받으며 꽤 괜찮은 소감을 들려줬던 청년이었어요.

"나는 내가 너무 흔들리는 게 싫었어요. 흔들리는 내가 불안했어요. 근데 코칭을 받으면서 내가 이런 걸 하고 싶구나, 이런 것 때문에 흔들렸구나 하는 게 정리가 되었어요. 저의 삶을 새롭게 정립하게 된 것 같습니다. 코칭 전의 저는 너무 바람이 불면 뿌리째 뽑히는 약한 풀이었어요. 하지만 이제는 꽤 단단하게 자란 나무가 된 느낌이에요. 흔들려도 괜찮은 나무요."

이런 그의 소감은 앞으로의 그의 삶을 더욱 기대하게 했습니다. 그런 그에게 다시 연락이 왔습니다. 열심히 살고 있는데 누구를 위해 사는 건지 모르겠다며, 가족들이나 주변의 어른들이 '너는 대학 졸업하자마자 취업해야 한다'고 얘기할 때마다 참을 수 없이 답답한 느낌이라고 했습니다. 전화해줄 수 있냐는 그의 말에 당장 전활 걸었고, 이야기를 나누며 함께 밥을 먹어야겠다는 마음이 떠올랐어요. 그가 전에 했던 말, 따뜻한 식탁이 위로가 된다는 그의 말이 기억났기 때문이었습니다. 구운 고기가 먹고 싶다던 그를 만나 꽃갈비살과 등심을 돌판에 올려놓고 칼질하며 그간의 인생을 나눴습니다.

"그런 상황에서는 답답할 수밖에 없었겠다...."

그의 이야기를 들어보니 지난 2년간 누구보다도 열심히 살았다는 걸 알수 있었습니다. 잘 살아낸 게 너무 기특했지요. 답답한 상황에서도 자신을 그 상황에 꼬라박지 않고 계속 자신에게 질문했던 그의 모습이 보입니다. 답답하고 힘들다고 하면서도 제 할 일을 놓지 않고 최선을 다했던 그가 보입니다. 그가 보여준 것을 그에게 들려주었습니다. 배시시 웃는 얼굴이 더할 나위 없이 빛났지요.

대화를 나누다 보니 2년 전 그가 이야기했던 그의 삶의 가치와 비전, 자신에 대한 정체감 등이 떠올랐습니다. 하핫. 속으로 저의 기억력을 칭찬했다는 건 안 비밀입니다.

"이런 얘길 했었는데.... 기억나?"
"맞아요. 기억하고 계시네요. 저 아직도 잊지 않고 있어요. 여전히 그렇게 살기를 원해요. 그런데 저 왜 이렇게 답답하고 힘든 걸까요?"

긴 이야기 끝에 우리가 다다른 곳은. '잘하고 있다고 하여 힘들지 않은 것은 아니다', '비전대로 산다고 하여 힘들지 않은 것은 아니다'라는 사실이었습니다. 다만 우리는 힘들고 답답한 순간에 탄력성을 발휘하여 다시 일어날 수 있다는 것, 힘들고 답답한 순간에 나를 그곳으로 더 밀어 넣고 꼬라박는 것이 아니라 출구를 찾으려는 의지와 출구를 찾는 힘을 가졌다는 것이었지요.

그러니 오해하지 말기를 바랍니다. '잘 살고 있다'라고 하여 '힘들지 않다'라는 건 아님을. 그렇다면 우린 무엇을 해야 할까요? 첫째는 잘 하고 있는 나도 힘들 수 있음을 기억하는 것입니다. 대부분 잘하고 있다는 사람들은 자신의 힘듦을 받아들이지 못합니다. 힘들어하고 답답해하는 자신을 이해하지 못하는 경우가 많지요. 잘하고 있는 자신에 길든 까닭입니다. 그러나 잘하고 있는 사람도 힘듭니다. 답답한 상황에 직면하기도 합니다. 다만 그 상황에서 출구를 찾아내는 사람들이지요. 어려운 상황에서도 잘하고 있는 나를 기억하고 격려하는 우리이기를 소망합니다.

둘째는, 나를 조금은 느슨하게 풀어줄 필요가 있습니다. 나에 대한 나의 조절 영역을 조금 넓혀주는 것이지요. 예를 들면 목표 행동의 시간을 10% 정도 줄여주거나, 보상 및 충전시간을 10% 정도 늘려줄 수 있습니다. 사람에 따라 실행시간, 충전시간이 아닌 실행내용의 양, 속도 등을 조절하는 것이 방법이 될 수도 있겠지요. 반드시 이렇게 해야 한다는 정답이 있는 것은 아닙니다. 사람마다 자신의 정답을 발견할 수 있어야 합니다. 성취와 관련한 영역에서 자신이 결정한 삶의 패턴을 5~10% 정도 조절해보는 실험을 해보기를 권합니다.

마지막으로 나의 비전을 다그치거나 악담하는 사람을 차단할 필요가 있습니다. 소명과 비전에 대해 확신이 있다면(확신은 즐거움, 전문성, 가치관 등의 요소들을 탐색한 후 가질 수 있습니다. 순간적인 결심과는 비교되는 것이지요.) 그것에 대해 딴지를 거는 사람들과는 당분간 만나지 않을 필요가 있습니다. 나를 응원하고 지지하는 사람들로부터 응원의 메세지를 들을 기회를 확보하는 데에 더 시간을 쓰기를 바랍니다. 그러나 때로 차단이 쉽지 않은 경우가 있습니다. 대부분 나의 비전에 딴지를 거는 사람들은 내게 정말 소중한 사람인 경우가 많거든요. 내가 잘 되기를 바라는 긍정적인 마음을 걱정으로 전달하는 사람들이지요. 이들을 차단하는 건 어렵습니다. 대신 이들의 부정적인 소리를 차단하는 것은 가능합니다. 부정적인 소리가 들릴 때마다 의식적으로 이것은 '나에 대한 걱정이며 사랑이다'라는 표현으로 둔갑시킬 수도 있고요.

　오래전 노래가 하나 생각났습니다.

절대로 약해지면 안 된다는 말 대신
뒤처지면 안 된다는 말 대신
지금 이 순간 끝이 아니라 나의 길을 가고 있다고 외치면 돼

　마야의 <나를 향한 외침>이 우리의 노래가 되기를 소망합니다. 우리, 약해져도 돼요. 우리, 좀 뒤처져도 돼요. 각자 나름의 속도로 나의 길을 가고 있는 우리 한 사람 한 사람을 응원합니다.

암 환자인데요

어느 날 대학원 후배에게 연락이 왔습니다.

"선배님, 제가 아는 분이 코칭을 해달라고 요청을 하셨는데, 엄마가 암 환자이시고 신앙을 갖고 싶어 하신대요. 크리스천 코칭 요청이 있어서 선배님이 생각났어요. 혹시 연락처를 드려도 될까요?"

들어보니, 사촌 여동생의 지인이고 지인의 어머니가 암 환자이시면서 생을 마감하기 전 신앙을 회복하고 싶다고 하셨고, 종교적으로 암 환자를 상담해주시는 분을 소개해 달라고 했답니다. 이 후배는 적합한 사람으로 저를 떠올렸다고 해요. 교회 내에 있는 상담센터를 소개하려고도 했지만, 암을 앓고 계시는 분께서 상담센터를 방문하는 것이 편하지 않을 듯하다며 저와 연결하고 싶다는 거였죠. 암 환자, 신앙 회복. 이 두 가지 키워드는 제게 너무 무거웠습니다. 이 코칭을 흔쾌히 수락하는 것이 어려웠어요.

한 편으론 '신께서 내게 어떤 걸 원하시기에 이 분으로부터 이런 요청을 받게 되는 걸까?' 하는 생각이 떠오르기도 했어요. 그렇다 보니 거절도, 수

락도 못 하고 고민에 빠졌죠. 고민하는 제게 그 후배는 "기적 코치시잖아요"하며 소망이 가득 담긴 부담을 줍니다. 아무래도 별명을 잘못 지었다고 우스갯소리를 하다가도 운명 같은 무거움에 과감하고도 도전적인 발언을 하고 말았습니다.

"아무래도 이 분은 전화나 줌이 아닌 직접 만나서 온 마음과 온몸으로 함께 해야 할 것 같아요, 제가 있는 곳과 가까이 계시는 분이면 신께서 제게 맡기신 것으로 알고 가 볼게요. 멀면 근처 계시는 분 소개하고."

며칠 뒤 연락이 왔습니다. 그분은 딸의 집에 거주하고 계시고, 그곳은 저의 집에서 차로 10분 거리였습니다. 더는 피할 수 없었던 거리 10분. 과감하고 도전적이었던 저의 발언은 그렇게 제 삶의 새로운 문을 엽니다. 곧바로 약속을 잡고는 생의 마지막 지점에서 신앙 회복을 원하는 암 환자 코칭을 위해 길을 출발합니다. 어느 늦은 겨울날의 오후, 눈 쌓인 골목을 지나는 길이 떨렸던 건 비단 길이 미끄러운 까닭만은 아니었습니다. 생의 마지막을 준비하는 분을 향한 기도이기도 했고, 어쩌면 엄마의 고통스러운 마지막을 고스란히 함께 감당하고 있을 딸을 위한 마음이기도 했습니다. 운전하며 가는 길 내내 기도를 했습니다.

'하나님, 나는 아무것도 할 수가 없습니다.
그러나 나를 그곳으로 보내시는 이유가 있음을 알고 믿습니다.
온 마음으로, 온몸으로 그분을 만나게 하시고, 그분을 듣게 해 주세요.'

처음 뵌 어머님은 암세포가 목까지 번져 침을 삼킬 수도, 소리를 내어 말을 할 수도 없는 상태였습니다. 저를 쳐다보고 앉을 수도 없이 그저 옆으로 누워 겨우 제가 왔음을 느끼고 계셨어요.

"어머니, 안녕하세요. 저는 남상은이라고 해요. 많이 아프시다고 들었어요. 신앙 회복을 하고 싶으시다는 얘기도요. 오늘 제가 무엇을 어떻게 해드릴까요?"

고통이 가득한 얼굴이 옅은 미소로 바뀌며, 어릴 때 불렀던 찬송이 생각난다고 불러달라고 하셨습니다. 코칭을 하면서 혼자 노래를 부르기는 처음이었던 것 같아요.

목소리가 제대로 나오지 않는 와중에도 함께 따라 부르시고는 한 번 더 불러달라고 하시는 어머님의 마음에서 얼마나 당신이 하나님의 사랑을 사모하시는지 알 수 있었답니다. 그리고는 말합니다.

"딸에게 미안하다고 말하고 싶은데 어떻게 말해야 할지 모르겠어요."

딸에게 미안하다고 말하면 어떤 변화가 일어날 것 같은지, 어떤 말을 하고 싶은지 물어보고 대답하고 연습까지 했습니다. 연습한 말이 기억이 잘 안 난다며 "코치님, 제가 뭐라고 말했죠?" 물으시며 몇 번을 연습했지요. 처음 뵈었을 때의 고통스러움은 그새 잊으신 듯했습니다. 어쩌면 어머님

안에는 신앙 회복의 열망과 더불어 딸에게 용서를 구하고 싶은 마음도 꽤 크게 자리하고 있었던 것 같습니다. 몇 번의 연습 후, 이제는 딸을 불러 달라 하십니다. 딸을 안고는 이제껏 연습한 말을 천천히 읊었습니다. 중간중간 제게 다음 말을 묻기도 하셨지만, 딸에게 더듬더듬 느리게 사과의 말을 전달했습니다.

딸과의 이 대화는 거룩한 의식 같았습니다. 저는 코치라기보다는 이 거룩한 의식의 인도자가 된 듯했습니다. 의식은 인도자의 기도로 마무리되었습니다. 손을 꼭 잡으며 오늘 너무 고마웠다고 또 와 달라는 어머님을 꼭 안으며 다시 오겠다고 약속을 하고는 어두운 작은 방을 나섰습니다. 거실에서는 2차로 딸과의 대화가 이어졌습니다. 갑작스러운 암 발병, 발병 이후 6개월 만에 생의 마지막을 향해 가는 엄마와 아직 헤어질 준비가 되지 않았다는 딸은 자신의 고민을 이야기하기 시작했습니다.

오늘 제가 한 게 코칭이 맞는지는 모르겠습니다. 그저 한 사람의 생을 정리하는 시간에 함께 하는 일, 사랑하는 가족을 떠나보낼 수밖에 없는 상황을 겪고 있는 한 가정과 함께 하는 일이었습니다. 우는 자와 함께 울며 함께 기도하는 일이었습니다. 제가 필요한 곳에서 제가 필요하다는 사람과 함께 하는 일, 어쩌면 코칭은 그 이상도 그 이하도 아니지 않을까요?

코칭은 이후로 한 번 더 이어졌습니다. 목사님과 함께 어머님을 한 번 더 만났고, 얼마 지나지 않아 어머님은 평안히 다음 세상으로 가셨습니다. 이

후 딸과는 전화로, 대면으로 몇 번 더 만났지요. 이제는 동네 언니, 동생처럼 편하게 만나는 사이가 되었습니다. 오늘은 이 동생에게 연락을 한 번 해봐야겠어요.

네 번째 고민: 나는 누구일까?

일이 많다는 건 좋은 걸까요?

끊임없이 이어지는 일에 감사한 마음이 들다가 문득 의심이 생기기 시작했습니다.

"좋은 거 맞나?"

작년 가을부터 시작되었던 수많은 일이 꼬리에 꼬리를 물고 이어졌습니다. 프로그램 개발, 프로그램 전수과정 및 직접 강의, 여러 개 대학의 학습/진로 코칭, 개인 코칭, 비영리 코칭, 코칭 교육, 모 기업의 연구프로젝트, 모 교육연구소의 이슈페이퍼 작성, 모 기업 커리어 코칭, 대학 강의와 기업 강의까지. 작년 가을엔 연말이면 끝날 줄 알았고, 연말엔 1월이면 끝날 줄 알았죠. 그러다가 최근엔 '나는 지금 나답게 살고 있는가를 고민하는 지점에 진입했습니다. 명색이 커리어 코치가 지금 나답게 살고 있는지를 고민하다니요. 맞아요. 커리어 코치도 진짜 커리어 고민을 합니다.

"나는 누구일까?"

코치 자격 취득을 위한 실전 교육을 진행하고 있는데, 하루는 참여자 중한 분이 코칭 시연을 하시다가 자신의 정체성을 '책 쓰는 직장인'이라고 말씀하시는 걸 듣게 되었습니다. 정확히는 "제 정체성이 책 쓰는 직장인이었습니다."라고 말씀하셨죠. 직장 생활을 하면서도 끊임없이 책을 쓰고 있고여전히 책 쓰기를 고민하는 그를 향해 어떻게 그렇게 책을 계속 쓰실 수 있었냐고 묻는 상대 코치의 질문에 관한 답이었습니다. 그 코칭 장면에서의잘된 점, 보완할 점을 집중하여 점검하면서도 제 온 신경이 저도 모르게 그말, '정체성'이라는 단어에 머물고 있다는 걸 감지하게 되었어요. 그래서였을까요? 일주일 내내 '나의 정체성은 뭐지?' 하는 질문이 마음에서 떠나질않았습니다.

최근 사업자등록을 하면서 많은 분의 축하를 받았습니다.

"이제는 더 크게 뻗어가셔야죠!"
"사업이 점점 더 번창하기를 바랍니다!"
"사무실에 축하 화분을 보내고 싶어요!"

그때마다 제가 했던 말은, 아직 종이뿐인 사업자라고, 아직 사업자의 정체성이 내 안에 생기지 않았다고, 필요에 의한 사업자였다고 말하곤 했습니다. 친한 지인은 모 프로젝트에 참여하는데 저의 사업체인 <봄,길>과 함께 하고 싶다고 했습니다. 그에게도 말했죠. 무섭다고. 진짜 그랬습니다. 저에겐 아직 사업자로서의 정체성이 없었습니다. 아니, 어쩌면 두려운 건지도요.

"제 정체성이 책 쓰는 직장인이었어요."라는 문장이 제 속에 스며든 건 현재의 나의 삶에서 반드시 일어날 수밖에 없는 일이었는지도 모르겠습니다. 참 매력적인 정체성이라는 생각을 했어요. 그는 어떻게 그런 마음을 품을 수 있었을까? 그런 마음을 품은 그는 어떤 사람일까? 나는? 내 정체성은 뭘까? 아마 이 문장은 말 그대로 제 마음에 뿌리를 내리기 시작합니다.

저도 '책 쓰는 직장인'처럼 매력적인 정체성이 내 정체성이라고 얘기하고 싶어졌습니다. 어쩌면 하고 싶은데 못하고 있는 게 있나 봅니다. [봄,길] 홈페이지도 만들고 싶고, 글도 쓰고 싶고, 책도 읽고 싶고, 드라마도 보고 싶고, 영화도 보고 싶은 제 마음을 살펴봅니다. 어쩌면 이 말은 사업자로서, 글쟁이로서, 노는 인간으로서의 정체성을 회복하고 싶다는 얘기처럼 들리기도 하네요.

최근 주력 정체성인 연구자, 학습자, 교수자, 개발자 이외에 글쟁이, 독서가, 사업자, 노는 인간의 정체성을 띄우고 싶어 하는 마음이 느껴집니다. 완전 다른 성격의 애들을 띄우려니 어려웠겠다는 상황이 이제야 보입니다. '사고 중심의 일들을 많이 하고 있었구나, 말랑말랑한 글을 쓰기가 쉽진 않았겠네' 하며 스스로 위로하기도 합니다. 요즘 더 차가워진 이유도 알 것 같습니다.

왠지 이런 글의 말미엔 '나 앞으로 이렇게 살 거야' 따위의 선언이 나와야 할 것 같았는데 오늘은 왠지 답이 나오지 않네요. 질문으로 끝을 내야 할 것 같습니다.

나는 누굴까? 내 정체성은 뭐지?

어쩌면 오늘 글을 쓰는 저의 정체성은 "삶에 화두를 던지는 커리어 코치"가 아닐까 합니다.

여러분의 정체성은 무엇인가요?

성찰을
위한
질문

스스로 용서하지 못하고 있는 것은 무엇인가요?

자책하느라 잃어버리는 게 있다면 무엇일까요?

당신은 어떤 사람으로 기억되고 싶은가요?

당신은 당신의 삶(시간)을 어떻게 책임지고 있나요?

잘하고 있지만 힘든 나에게 해주고 싶은 한 마디는 무엇인가요?

오늘이 생의 마지막 날이라면 당신은 누구와 함께하고 싶은가요?

무엇을 하고 싶은가요? 당신의 삶에서 무엇이 아쉬울까요?

당신의 정체성은 무엇인가요?

당신은 요즘 어떤 정체성을 내세우고 싶은가요?

PART 5

코치로서 하고 싶은 말

시작하기엔 너무 늦었다고요?

대학생들을 만나다 보면 가끔은 제 나이를 잊을 때가 있습니다. 우리 청년들이 들으면 깜짝 놀랄지도 모르지만, 때론 이 청년들과 함께 있는 저 역시 청년인 듯 착각을 하게 되는 거죠. 요즘은 누군가 제 나이를 묻는다면 첫 아이를 낳은 스물여덟 살 이후로 나이는 세지 않았다고 이야기합니다 (참 양심 없는 아줌마입니다). 익을 대로 익은 자신의 나이를 잊은 양심도 없는 아줌마는 오늘도 스물네 살의 한 청년을 만났습니다.

이 청년은 최근 중·고등학교 과학 시간에 몇 번 스친 분야에 관심이 생겼다며 꼭 공부를 해보고 싶다고 합니다. 지금의 전공과 그 분야를 연결해보려고도 하는 등 다양한 방법으로 그 분야를 자신의 삶과 연결하기를 벌써 한참 동안 해오고 있다고 했어요. 그러면서 이런 질문을 해 옵니다.

"지금 시작하기엔 너무 늦은 것 아닐까요?"

저는 그에게 되물었습니다.

그는 원하는 것이 무엇인지도 몰랐던 과거가 후회되고, 몰라서 하지 못했던 공부가 가장 후회가 된다고 했습니다. 10년 후의 자신 역시 원하는 공부를 하지 않은 것이 가장 후회될 것 같다고 이야기합니다. 스물네 살인 지금 자신의 고등학교 시절이 아쉽고 후회되는데, 서른네 살의 자신 역시 지금의 스물네 살의 자신이 아쉬울 것 같다고 합니다. 스물넷, 이 어린 나이에 아무것도 시도하지 않은 내가 정말 후회스러울 것 같다고 말합니다. 정말 멋진 질문이었다고 말하면서 이제 그는 다시 시작하려 합니다.

스물일곱 살의 한 청년은 고등학교 때부터 아이돌을 준비하다가 결국 실패하고 지금은 무엇을 해야 할지 모르겠다며 찾아왔습니다. 나이는 먹을 만큼 먹었는데 할 수 있는 게 아무것도 없다며 좌절한 상태였지요. 아이돌 준비한다고 학위 취득도 하지 않았고, 그 흔한 자격증 하나 취득하지 못한 자신이 한심하다고 했어요. 이력서를 쓸 수 없는 상황을 만든 게 다른 사람이 아닌 바로 자신이라는 생각에 하루하루가 지옥 같다고 했습니다. 그러면서 이렇게 물어 옵니다.

"코치님, 남들은 이미 취업을 하는 이 나이에 아무것도 없는 저는 뭘 할 수 있을까요?"

우리는 오랜 시간 동안 아이돌 준비를 하게 된 계기와 준비 과정 동안의 경험 속에서 이 청년의 진짜 이유와 진짜 호기심을 발견하게 되었습니다. 아이돌이 해내는 직업 활동에 관심이 있었다기보다는 외모나 패션 스타일 등 외적인 요소들로 주변 사람들에게 인정받고 칭찬을 받는 일이 많아지면서 자연스럽게 외형이 드러나는 아이돌에 관심을 두게 되었다고 해요. 가정 형편이 넉넉하지 않아 고등학교 때부터 직접 파트 타임으로 일을 하며 학원비를 모을 만큼 자신의 동기에 대한 열정도 대단했고요. 외적인 모습을 카메라에 예쁘게 담기 위해 다이어트와 운동을 꾸준히 하며 몸 관리를 했고, 이 과정에서 어떻게 하면 적은 열량으로 똑같이 맛있는 음식을 만들 수 있을까를 고민하고 직접 음식을 만들어보며 실험을 하기도 했습니다. 여러 시간의 대화 속에서 그는 고유하고 특별한 진짜 자기를 만나가는 것 같았습니다. 어느덧 마지막 코칭 회기에서는 이런 말도 들려주네요.

"코치님, 저는 이제야 비로소 저를 조금씩 알아가고 있는 것 같아요. 저는 인정받고 싶은 욕구가 강한 사람이고, 문제 해결하는 과정을 즐거워하는 사람이에요. 혼자서 뜻을 펼쳐낼 만큼 저력이 있어요. 이런 힘을 가진 제가 할 수 있는 일, 하고 싶은 일들을 생각해 볼 수 있을 것 같아요."

지옥 같은 삶에서 진짜 자신을 아는 길로 걷기 시작한 그가 참 기특합니다. 그 길에서 고유하고 독특한 존재인 자신을 발견하고 그 고유함으로 새롭게 닦아낼 길을 걸어갈 그를 응원하지 않을 수 없습니다. 한 주 한 주 만남을 거듭하며 하고 싶은 일과 할 수 있는 일들을 목록화하고 비슷한 항목끼리 묶으며 다시 3가지 정도로 정리한 후, 각각의 세부 목표를 다시 설계하는 시간을 함께할 수 있다는 것만으로 참 영광이었습니다.

시작하기에 너무 늦었을 때는 언제일까요? 스물넷? 스물일곱? 서른둘? 여러분이 생각하는 늦은 나이란 어떤 거예요? 지나간 것은 지나간 대로 그런 의미가 있다는 어떤 오래된 노랫말처럼 늦은 것도 늦은 대로 그런 이유가 있겠죠. 늦은 만큼 내 속에서 익어간 열정, 깊어진 호기심, 우리 오늘부터 이것들을 잘 끄집어내 볼까요?

당신이 너무 늦었다고 생각하는 것은 무엇인가요?

코칭 매뉴얼만 달라고요?

비즈니스 코칭이나 리더십 코칭, 임원 코칭 등만 해 오던 기업에서도 요즘은 커리어 코칭의 이슈가 많은 것 같습니다. 어떤 기업에서는 이제 멘토링이 통하지 않는다면서 코칭을 요구하기도 하고, 이제는 조직 관리 차원이 아니라 개인의 경력개발 차원에서 조직구성원들에게 코칭을 제공할 필요성을 느낀다고 이야기하는 기업 교육 담당자도 있습니다. 기업 내 이직률 감소를 위해 커리어 코칭을 의뢰하는 경우도 있었지요.

올 초에도 모 기업의 인재개발원으로부터 커리어 코칭 교육 프로그램을 만들어 줄 것을 제안받았습니다. 핵심인재를 대상으로 임원들이 커리어 코칭을 진행하려고 하는데, 이를 위해 임원들에게 커리어 코칭을 하는 방법에 대해 교육을 해달라는 것이었죠. 그러면서 코칭 매뉴얼을 제작하여 임원들에게 제공하고, 코칭 1회를 실시한 후 추가로 교육을 진행하면 어떻겠냐는 제안을 해 왔습니다. 첫 번째 회기에서 무얼 하면 되는지, 어떤 질문을 하면 되는지 알려주는 매뉴얼을 만들어달라는 요청이었죠. 기업 입장에서는 합리적이고 효율적인 방법이긴 했지만 저는 아주 친절하게 거절했습니다. 코칭은 기술과 지식이기도 하지만, 태도와 철학이 기초라고 생각한 까닭이에요.

다행히 교육담당자는 제 말에 설득되어 코칭 교육을 먼저 한 후 코칭을 하는 것으로 순서를 조정하였습니다.

어떤 사람들은 코칭을 '질문을 잘하면 되는 일'이라고 생각하는 것 같습니다. 그래서일까요? 코칭 교육을 할 때마다 질문을 잘하는 방법이나 좋은 질문을 하는 방법을 알려달라는 분들이 참 많습니다. 실제로 질문은 코칭의 꽃이라고 불리기도 해요. 좋은 질문, 적절한 질문을 통해 코칭을 받는 사람의 관점이 전환되거나, 이전엔 생각하지 못했던 것들을 생각하게 되거나, 자기 안에 있는 열망이나 강점들을 발견하게 되기 때문입니다. 그러나 코칭은 관심, 호기심과 함께 존중과 신뢰, 친밀감에서 시작합니다. 존중과 신뢰 없이, 진정성 담긴 호기심과 관심 없이 질문만 한다면 그것은 코칭이라고 할 수 없지요. 어쩌면 코칭은 사랑인 것 같아요. 문득 성경 구절 하나가 떠오릅니다.

내가 사람의 방언과 천사의 방언으로 말을 할지라도,
내게 사랑이 없으면, 울리는 징이나 요란한 꽹과리가 될 뿐입니다.
내가 예언하는 능력을 가지고 있을지라도,
또 내가 모든 비밀과 모든 지식을 가지고 있을지라도,
또 산을 옮길 만한 모든 믿음을 가지고 있을지라도,
내게 사랑이 없으면, 아무것도 아닙니다.
내가 내 모든 재산을 나누어 줄지라도,
자랑스러운 일을 하려고 내 몸을 넘겨 줄지라도,

아무리 좋은 말과 탁월한 능력으로 코칭을 한다 해도 그 안에 사랑이 없으면 아무것도 아니라고 말하고 싶네요. 물론 사랑이 없어도 코칭을 할 수 있습니다. 마치 매뉴얼만 있어도 코칭이 가능할 거로 생각하는 것처럼요. 처음 코칭을 연습할 때 소위 대본이라는 것을 줍니다. 자격시험에 합격하기 위한 용도의 일부이기도 하고, 아직은 코칭 대화에 익숙하지 않으니 대본을 만들어 연습하고 코칭 대화의 흐름에 익숙해지도록 하는 거죠. 이쯤 되면 '코칭 대화가 뭐길래?' 하는 궁금증이 생기지 않았을까 싶습니다.

코칭 대화는 일반 대화와는 다르게 '목적이 있는 대화'라고 이야기해요. 예를 들어, 친구와 만나서 다이어트에 관해 이야기한다고 상상해 보세요. 우리는 아마 이런 대화를 할 겁니다. "네가 뺄 살이 어디 있어", 혹은 "그래, 빼긴 빼야겠다", "운동을 해 봐", "요즘엔 이런 약도 있더라. 연예인 OO가 이 약 광고하잖아" 어때요? 비슷하지 않나요? 이제 코칭 대화를 한 번 볼까요? 코칭에서는 다이어트를 하고 싶다는 이야기에 다이어트를 하려는 이유가 무엇인지, 어떤 계기에서 다이어트를 하겠다고 결심했는지, 다이어트를 통해 궁극적으로 이루고 싶은 것은 무엇인지를 묻습니다. 그리고는 "오늘 대화에서는 다이어트와 관련해서 어떤 것에 초점을 맞춰 이야기하고 싶은가요?"라는 질문으로 오늘 대화의 목표를 설정하죠. 대화의 목표 지점을 설정한 후에는 현재 상태에 관해 이야기를 나눕니다. 그리고 여러 가지 대안들을 생각하게 한 후, 그 대안 중에서 실제로 실천해 볼 것에 대해 구체적으로 계획을 세워 봅니다.

여기까지 들어보면, 코칭 대화가 일반 대화보다 훨씬 느리고 복잡하다는 생각을 하실 수도 있습니다. 그런데, 한 번 생각해보세요. 다른 사람이 알려주는 방법이나 조언에 대해 우린 어떻게 받아들이나요? 고맙게 받아들이기도 하지만 때론 '그건 당신에게는 맞는 방법이었을지 몰라도 제게는 아닌 것 같아요. 고맙지만 저는 다른 방법을 생각해야겠습니다.'라는 마음을 속으로 품고 있지는 않았나요? 코칭을 하는 사람은 문제의 해결에 관해 조언이나 충고, 판단, 평가하기보다는 방법을 찾고자 하는 그 사람 안에 가장 적절한 답이 있다고 생각합니다. 그래서 질문을 하는 것이죠. 코치는 그 사람 안에 있는 가장 적절한 답을 찾을 수 있도록 돕는 질문을 위해 많은 에너지를 사용합니다. 그 사람의 이야기를 통해 그의 열망과 기대, 그가 가진 에너지, 삶에 대한 그의 태도, 일상에서 보이는 그의 루틴들을 들으려고 애를 쓰죠, 그러니 질문을 잘 하려면 질문과 관련된 책을 많이 읽고, 질문 연습을 하는 것도 중요하지만 상대방의 이야기에 귀를 기울여 (사실은 마음과 정성을 다하여) 듣는 것이 가장 중요하다고 할 수 있습니다.

코칭은 이래서 사랑입니다. 마음과 정성을 다하여 누군가의 삶을 듣는 일이며, 어쩌면 탁월할 수도 있는 나의 답을 이야기하고 싶은 자기중심성을 내려놓는 일입니다. 매뉴얼 몇 페이지로 학습할 수 있는 여정도, 수십 혹은 수백 시간의 교육을 통해서 학습할 수 있는 여정도 아닙니다. 내 앞에 있는 그 사람에 대한 사랑과 존중의 마음으로 매 순간 나를 비우고 내려놓는 여정입니다. 그렇게 다양한 사람들의 삶을 통해 함께 써가는 코칭 매뉴얼을 만드는 여정입니다.

　오늘 여러분 자신을 비우고 내려놓고 만나야 할
　여러분의 '그 사람'은 누구인가요?

　그 사람과 함께 써 내려갈 당신의 매뉴얼은 어떤가요?

목표를 향해 가는 길 위에 있는 사람들

"저는 기준이 높다는 얘길 많이 듣습니다. 사람들이 그래요. 왜 쓸데없이 기준을 높게 잡아놓고 도달하지 못할까 봐 걱정하고 자신을 채찍질하냐고. 근데 전 기준을 낮게 두고 나는 괜찮다고 여기는 것보다 기준을 높게 두고 늘 성장을 향해 가는 게 맞는다고 생각해요. 근데, 거길 한 번에 가려니 너무 힘이 듭니다. 기준을 낮춰야 할까요?"

고속터미널역을 나갈 때마다 높이 뻗은 계단에 언제 올라가나 막막해지곤 합니다. 그럴 때 쉽게 올라가는 방법이 있습니다. 바로, 한 발을 내디딜 바로 앞에 있는 계단만 보는 거죠. 올라가야 할 그 지점을 바라보고 걸으면 "언제 다 올라가나…." 하는 말이 절로 나옵니다. 물론 에스컬레이터나 엘리베이터를 이용하는 방법도 있지만, 때론 걸어 올라가야 하는 상황이 있으니까요. 그때마다 바로 앞 계단 하나만 바라보고 걷기 시작합니다. 그러면 어느새 다 올라왔다는 걸 깨닫게 되죠.

기준이 높을 수 있습니다. 높아도 되고요. 높을수록 더 좋을 수도 있죠. 그런데 그 높은 기준에 한 번에 도달하지 못할 가능성이 98% 이상입니다.

100층 높이의 건물을 한 번에 올라가는 방법은 그리 많지 않습니다. 아뇨, 없다고 하는 게 맞을 겁니다. 하다못해 엘리베이터도 한 층씩, 에스컬레이터도 조금 힘을 덜 들일뿐 한 계단씩 올라가는 것은 다를 바가 없죠.

때로 우리의 목표는 생각보다 너무 높이, 멀리 있는 것처럼 보일 수도 있습니다. 하지만, 목표에 도달하기 위한 한 걸음, 작은 실행은 목표만큼 멀지 않을 수도 있죠. 그렇기에 목표를 세울 때는 도달목표와 실행을 위한 행동 목표가 함께 필요합니다. 그리고 실행을 위한 행동 목표는 당장 시작할 수 있을 만큼 작은 것일수록 좋습니다.

성적 평점을 4.0 이상 받고 싶은 한 대학생이 있었습니다. 평점 4.0 이상은 도달 목표라고 할 수 있죠. 그에게 질문합니다.

"평점 4.0은 그 성적을 받기 위해 당신이 어떤 행동을 했기 때문에 받을 수 있는 성적일 텐데요, 원하는 성적을 받기 위해 어떤 행동을 하기를 원하나요?"

그는 매일 방과 후에 도서관에서 3시간 이상 공부를 하면 4.0의 학점을 받을 수 있을 것 같다고 말합니다. 여기서 사람들 대부분은 '아, 그럼 방과 후 3시간씩 도서관에서 공부하는 것이 실행목표가 되겠구나!'라고 생각합니다. 그리고 오늘부터 당장 도서관에 가서 3시간씩 공부하겠다고 마음을 먹죠. 실제로 한 3일쯤은 도서관으로 달려갑니다. 그리고는 깨닫게 되죠.

'아, 3시간이 생각보다 길구나.' 덧붙여 '아, 내가 목표를 잘못 잡았구나.' 하며 자신에 대한 한심한 마음을 표현합니다. 그래서 저는 한 번 더 묻습니다.

"방과 후 도서관에서 3시간 이상 공부하기 위해 할 수 있는 가장 작은 행동은 무엇일까요?"

어떤 사람은 도서관 의자에 앉는 것이라고 말하고, 어떤 사람은 일단 책을 펼치는 것이라고 하고, 누군가는 도서관 입구에서 출입증을 찍고 들어가는 것이라고 말합니다. 이제 이 작은 행동이 바로 매일매일의 실행목표, 바로 눈앞에 놓인 금세 발을 디딜 수 있는 하나의 계단이 되죠. 정리하면, 4.0이라는 도달목표에 다다르기 위해 도서관 입구에서 출입증을 찍겠다는 행동 목표가 필요하다는 겁니다. 도서관 입구에서 출입증을 매일 찍고 들어가다 보면 어느 날은 3시간 이상씩 공부하고 있는 나를 발견하게 되고, 그런 내가 모여 4.0이라는 학점도 받게 되는 거죠.

실제 이런 학생이 있었습니다. 도서관 입구에서 출입증을 찍겠다는 행동목표를 세우고는 2주 만에 다시 코칭을 받으러 오는데 "코치님~~" 소리를 지르며 뛰어들어오는 겁니다. 무슨 일이냐고 묻기도 전에 "제가 무슨 일이 있었냐면요."하면서 이야기를 시작하는데 놀라지 않을 수 없었습니다. 매일 도서관 입구에서 출입증을 찍고 들어가면서 어느 날은 10분을 앉아 있다 나오기도 하고, 또 어느 날은 2시간 넘게 앉아서 공부하기도 했답니다. 들어가긴 했으니 매일매일 성공 경험을 쌓아갔지요. 그러던 어느 날, 정말 너무 공부가 하기 싫어서 '오늘은 진짜 도서관 입구에서 출입증을 찍고 바로 다시 출구로 돌아 나와야지!' 결심을 하고 도서관엘 갔답니다. 그런데 그날따라 도서관에 들어가려는 줄이 길었대요. 바로 다시 돌아 나오겠다는 결심은 줄을 서 있는 동안 '공부해야겠다.'라는 마음으로 바뀌었다고 했습니다. 그는 결국 그날 3시간 이상 공부를 하고 나오는 짜릿한 경험을 했습니다. 그 이야기를 코치에게 들려주려니 소리를 지르며 뛰어들어올 수밖에요.

도달목표는 우리에게 동기를 부여해 줄 수 있습니다. 그런데 말이에요, 동기부여는 되었는데 실행이 안 되었던 그간의 다양한 목표들도 있지 않나요? 그러면서 '나는 의지가 약한가 봐…' 하며 애먼 나를 탓했던 경험 말이죠. 진짜 의지가 약했던 걸까요? 도달목표만 찍어놓고 행동 목표를 세우지 않았던 것은 아닐까요? 이제 우리가 세운 목표를 다시 한번 떠올려보세요. 멋지고 좋은 목표에 행동도 포함되어 있나요? 그렇지 않다면 행동 목표로 첫 번째 계단을 만들어보세요. 가능하면 한 발에 오를 수 있도록. 너무 높은 목표를 세워 한 발에 오를 수 없다고 좌절하지 말고, 한 발에 오를 수 있는 목표로 쪼갠 후 한 계단 한 계단 꾸준히 오르는 자신을 칭찬해 보면 어때요?

우리는 모두 자기만의 버튼을 가지고 있다

'나는 오늘 무조건 기쁠 거야.', '난 지금부터 슬플 예정이야.' 등으로 오늘의 감정을 계획하고 계획한 대로 감정을 획득하는 분이 혹시 계실까요? 사전적으로 볼 때도 감정은 어떤 현상이나 사건을 접했을 때 마음에서 일어나는 느낌이나 기분을 뜻하는 것이기에 계획한다는 것이 불가능하다는 게 사실일 겁니다.

한 청년과 한 해의 계획을 세우는 코칭을 진행하던 차였습니다. 한 해의 시작점에서 무언가를 계획한다고 하면 대부분은 매일의 습관과 관련된 것이거나 한 해 동안 도달해야 할 목표 등을 떠올리곤 하지요. 청년들은 대부분 도달하고 싶은 학점, 취업, 쌓아야 할 스펙과 관련한 내용이 대부분인데, 이 청년은 '불평하지 않기'라는 조금은 낯선 목표를 세웠습니다. 매사에 자기도 모르게 올라오는 불평과 불만이 아무것도 할 수 없게 만든다는 그에게 물었죠.

"불평하지 않고, 대신에 무엇을 하고 싶나요?"

만족하고 싶다고 대답한 그에게 다시 물었습니다.

"불평, 불만, 짜증 등의 감정은 나도 모르게 올라오는 감정 같은데, 어떤가요?"

제 물음에 그는 순순히 인정합니다.

"네, 맞아요. 저도 어쩔 수 없이 올라오는 감정이기는 하지요."

그에게 저는 다시 질문합니다.

"그런 감정들이 나도 모르게 올라올 때,
'만족'이라는 감정으로 전환시킬 버튼이 있다면 뭘까요?"

한참을 생각하던 그는 다음과 같은 대답을 들려줬습니다.

"음... '그럴 수도 있지'라고 생각하는 거예요."

그의 답을 들은 저도, 그런 답을 한 그도 놀랐습니다. 원하지 않는 감정과 태도를 원하는 감정과 태도로 전환할 버튼을 우리가 이미 가지고 있다는 걸 발견한 까닭이었지요. 여러분도 한 번 상상해 보세요. 매 순간 우리 속에서 우리도 모르게 쑥 올라오는 다양한 감정들을 버튼 하나로 바꿀 수 있다면 어떤 일이 벌어질 것 같은가요? 이 코칭 이후 저는 여러 사람에게 같은 질문을 한 적이 있습니다. 어떤 사람은 고개를 끄덕이며 심호흡을 하고 '이 상황 속에 어떤 좋은 의도가 있을 거야.'를 생각한다고 했습니다. 또 어떤 사람은 좋은 문장 몇 개를 입력한 후 때마다 꺼내 쓰는 방법을 사용한다고 했습니다. 예를 들어 좋지 않은 감정이 차오를 때 '이 또한 지나간다'라는 말을 꺼내 쓴다는 거죠. 이즈음에서 자이언티 님의 '꺼내먹어요'의 노래 가사가 생각나는 건 저뿐인가요?

그럴 땐 이 노래를 초콜릿처럼 꺼내 먹어요.
배고플 땐 이 노래를 아침 사과처럼 꺼내 먹어요.
자이언티, <꺼내 먹어요>

자이언티 님이라면 왠지 이 청년에게 '슬플 땐 이 문장을 꺼내 먹어요, 화가 날 땐 이 문장을 꺼내 먹어요, 성가시고 귀찮을 땐 이 문장을 초콜릿처럼 꺼내 먹어요'라고 했을지도요.

또 어떤 분은 부정적인 감정이 끓어오를 때 마음을 가볍게 해주는 노래를 한다고 말하기도 했고, 버튼이 없이 그냥 그런 자신을 찬찬히 바라본다고 하는 분도 있었습니다. 자신이 그런 버튼을 가졌는지 찾아보겠다는 사람도 있었고, 원하지 않는 감정과 태도를 선택하는 버튼은 없냐는 반문을 하는 분도 있었죠. 때론 원하지 않는 감정과 태도를 선택하는 버튼도 있지 않겠냐며 그런 버튼도 인정하고 받아들이려 노력하고 싶다고, 그것이 나를 존중하고 사랑하는 방법이라는 이야기를 들려주는 분도 있었습니다. 그럴 수도 있지 버튼, 문장 버튼, 노래 버튼, 존중과 사랑 버튼. '참 다양한 버튼을 가지고 있구나'하고 깨닫게 됩니다.

코칭을 마치고 돌아오며 저 스스로에게도 질문합니다. '나에게 그것은 뭘까? 원하지 않는 나의 감정과 태도를 원하는 감정과 태도로 전환해줄 버튼, 내가 가진 버튼은 무엇일까?'

당신은 어떤가요?
원하지 않는 당신의 감정과 태도를
당신이 원하는 그것으로 바꿀 수 있는 버튼을 가졌나요?
그 버튼의 이름은 무엇인가요?

한 대학생은 이런 말을 합니다.

"코치님, 앞으로는 인공지능이 유망하다고 해서 저도 한 번 배워보려고 해요."

어떤 학부모는 이런 질문을 하기도 합니다.

"코치님, 4차 산업혁명 시대라잖아요.
그래서 우리 아이를 이과로 보내려고 하는데 어떻게 생각하세요?"

한 청년은 이렇게 말하기도 했습니다.

"코치님, 지금 트렌드는 ESG이고 앞으로는 환경문제를 다루는 일이 대세가 될 것 같아요. 저도 환경에 관심이 있어요. 체육을 전공했지만, 대학원은 환경공학 전공으로 가보려고 해요. 그 방법에 관해 얘기해보고 싶어요."

2016년이었던가요? 세계경제포럼에서 주창된 제4차 산업혁명은 정보통신기술의 융합으로 이루어지는 산업혁명이라고 할 수 있습니다. 빅데이터 분석이나 인공지능, 로봇공학, 사물인터넷, 무인항공기, 무인자동차, 3D 프린팅, 나노 기술 등이 여기에 해당한다고 볼 수 있는데요, 4차 산업혁명이라는 말이 대두되기 시작하면서 많은 사람이 이 영역으로 진입하려고 시도하거나 이 계열로 진입해야 하지 않나 고민을 합니다. 실제로 2016년 이후 트렌드를 담은 책과 강연 대부분에서는 같은 이야기를 하기도 하고요. 곳곳에서 이런 얘기를 하니 이 현상을 보고 듣는 사람들이 자신이나 자녀들의 진로 방향에 대해 고민을 하는 것은 어쩌면 당연한 일이겠죠.

실제로 제가 대학에서 만난 청년 중에는 사회·경제·문화적 트렌드에 맞춰서 입시 준비를 하고 전공 선택을 한 청년들이 꽤 있었습니다. 언어를 좋아했으나 문과는 취업이 안 된다고 해서 억지로 이공계열을 선택한 청년은 1학년 내내 학사경고를 받고는 코칭을 받으러 왔습니다. 학습 내용이 너무 어렵다고 합니다. 이해가 되지 않는다고 합니다. 고등학교 때까지는 어찌어찌 물리와 수학을 했지만, 대학 수학과 대학 물리는 상상을 뛰어넘는 수준이라고 합니다. 역사와 철학을 좋아했으나 산업공학을 전공으로 선택한 청년은 그나마 문과적 성향이 강한 것 같아서 그 전공을 선택했다는 이야기를 들려줍니다. 교육을 전공하고 싶었으나 이공계 전공에서 교직 이수를 하겠다는 꿈을 품고 입학을 했던 청년은 '교직 이수를 위한 상위 20%의 성적을 획득하지 못해 교사의 꿈이 좌절되었다고, 앞으로 무엇을 어떻게 해야 할지 모르겠다'며 코칭을 받으러 왔지요. 이들의 이야기의 결론은 다 같습니다.

"나에 대해선 몰랐어요."

세상이 어떻게 움직이고 있는지, 세상의 흐름이 어디를 향하고 있는지, 네, 흔히 말하는 트렌드요. 그 트렌드는 잘 파악했는데 자신에 대해서는 잘 몰랐다는 이야기.

앞서 잠시 언급했던 환경공학을 전공하고 싶다는 청년의 이야기로 다시 들어가 볼까요? 그녀는 항공운항과를 졸업하던 해, 코로나로 항공사에서 승무원을 뽑지 않자 그 시간을 그냥 대기시간으로만 보낼 수 없어서 '다른 공부를 다시 해 볼까?' 하는 생각으로 대학 입시에 재도전했고 체대 입시에 성공했지요. 체육 전공과는 무관하게 살아오던 사람이 체대 입시에 성공했다는 사실은 커리어코치인 저를 깜짝 놀라게 했습니다. 놀란 저에게 그녀는 그냥 마음을 먹었고, 평소 꾸준히 하던 운동이 입시에 도움이 되었다고 했습니다. 이유를 듣고도 믿어지지 않는 성과였죠. 그런 그녀가 체대 3년 차가 되면서 새로운 고민이 생겼다며 저를 찾아왔습니다.

"코치님, 제가 홍보와 마케팅에 관심이 있다는 걸 알았어요. 지금의 전공인 체육과 마케팅을 접목해보고 싶기도 하고, 제가 어릴 때부터 환경보호에 관심이 많아서 그쪽과 관련한 일을 해보고 싶기도 해요."

1시간여 그녀가 꿈꾸는 미래와 비전, 하고 싶은 일들, 강점 등을 한 페이지에 정리하고는 그 내용을 바탕으로 일주일 동안 '인생의 다음 페이지'에 대해 고민을 해보고 오기로 했죠. 일주일 후 만난 그녀는 놀라운 이야기를 들려줬습니다. 바로 대학원에 가서 환경공학을 공부해서 환경과 관련한 일을 하겠다는 것이었습니다. 이런 결론이 나온 이유를 묻자, 그것이 유망한 까닭이라고 합니다. 그녀에게 환경공학 대학원을 입학하기 위해 갖춰야 하는 학문적 기본 자질이 무언지 물었습니다. 수학과 과학 이야기를 하더군요. 그 기본 학문에 대한 그녀의 역량은 거의 바닥이라는 이야기도 함께 들려줬죠. 그녀에게 물었습니다.

"환경공학은 확실히 유망하네요.
그런데, 그것이 당신에게도 유망한가요?"

그녀의 대답은 무엇이었을까요? "아니요."였어요. 여러분도 같은 답을 추측하셨을 거로 생각해요. 어느 때부턴가 해마다 연말이 되면 트렌드를 읽어내는 책들이 서점가에 쫙 깔립니다. 실제로 사회 변화의 흐름을 읽는 것은 매우 중요하죠. 하지만 나를 읽는 것에 앞설 수 없습니다. 나를 먼저 읽고 그런 나에게 잘 어울리는 트렌드를 찾는 것이 더 중요하지 않을까 하는 생각을 해 봅니다.

예쁜 옷과 예쁜 신발을 좋아하는 저는 제 몸에 어울리지 않는다고 생각되는 옷과 신발을 착용하진 않습니다. 그것이 아무리 예뻐도, 혹은 아무리 유행이라고 해도 말이죠. 유행인 것이 모두 제 몸에 맞을 수는 없어요. 다른 사람에게 다 맞는다고 해도 나에겐 맞지 않을 수 있습니다. 가장 중요한 건 유행이 아니라, 내가 어떤가에 관한 것이 아닐까요?

여러분은 어때요?

여러분에게 가장 맞는 건 뭔가요?

여러분에게 유망한 건 뭐예요?

그럴 수도 있어요

여러 해 전 심리학개론 책을 읽으며 심하게 운 적이 있습니다. 인간 중심 심리학의 한 페이지였지요. 로저스 선생님의 '괜찮아, 그럴 수도 있지, 네가 어떠하든 너를 수용해줄게'라는 말이 그 이유였습니다. 수업 시간이었는데 그 몇 개의 문장에 고개를 들지 못하고 눈물을 주르륵주르륵 흘려낸 기억이 납니다.

"좀 더 잘 할 수 있었잖아."
"다 잘했는데 이건 왜 잘못했어?"
"니가 잘못했으니까 친구가 화를 냈겠지…."

어린 시절 가장 가까운 사람으로부터 받지 못했던 수용이 제게 큰 상처로 남아 있었나 봅니다. 좀 더 성장시키기 위해서였다는 걸 아는 것과는 달리, 마음은 무작정 인정받고 안기고 싶었던 게지요. 때론 청년들과의 대화 속에서 그때의 저를 발견하곤 합니다.

"코치님, 저는 이렇게 실패만 하는 사람이에요."

"저는 뭘 해도 항상 모자라요."

"저는 왜 이렇게 100%가 안 될까요?"

그런 그들에게 저는 이런 이야기를 합니다.

"당신은 실패한 게 아니라
수많은 시도를 여전히 하는 건지도 모릅니다.
당신의 것을 찾아가는 중이지요."

그리고는 질문합니다.

"채워진 것은 무엇이 있나요?"

"당신이 생각하는 100%의 상태는 어떤 거예요?"

한 시간 남짓의 대화 속에서 그들은 자신들이 1등이 아니었기에 인정받지 못하고, 수용받지 못했음을, 그들 스스로도 1등이 아닌 이유로 인정하지 못했음을 발견합니다. 1등만 인정해주는 우리네 교육 현실에 참 마음이 아팠습니다. 1등은 또 어떤가요? 뒤에서 쫓아오는 것을 이겨내야 하는 심리적 압박감이 있어 1등을 해도 행복하거나 즐겁지 않았다고 이야기하는 대다수의 청년을 보며 또 한 번 아린 가슴을 토닥입니다.

자신에게 문제가 있다고 하면서 저를 찾는 청년들의 대부분은 결국 자신에 관한 인식에 문제가 있었음을 발견하곤 합니다. 중학교 때 들었던 '네가 뭘 하겠냐'는 말에 자신을 가두기도 했고, 성적이 좋지 않았을 뿐인데 모든 것이 좋지 않았던 것처럼 인식하고 있기도 했습니다. 모든 것이 새롭게 소생하는 계절, 봄 같은 청년들이, 귀한 우리의 자녀들이 자신의 아름다움을 바로 볼 수 있으면 좋겠습니다. 성적이 좋지 않다고 하여 부족하고 모자란 사람이 아님을, 공부를 못한다고 하여 세상의 낙오자가 아님을, 선생님께 예쁨을 못 받는다고 하여 사랑스럽지 않은 사람이 아님을, 본연의 아름다움을 가지고 태어난 존재이며 조물주가 마디마디 곱게 지은 존재임을, 세상에서 반드시 자신의 영역이 있음을, 자신의 고유함을 펼쳐낼 재능과 잠재력을 가지고 있음을 알길 소망합니다. 그 소망에 저의 꿈도 포개어 봅니다.

그러니, 지금의 나를 다른 사람들이 어떻게 보든 상관없이 내가 먼저 나를 수용하고 칭찬해 보면 어떨까요? 시도한 나를, 그 시간 그러한 삶을 일궈낸 나를요. 밭이 그 소산물을 내려면 씨를 뿌리고 땀을 흘려 땅을 일구는 시간이 필요하듯 우리의 삶을 일궈내는 데에도 그 이상의 시간이 드는 건 너무 당연한 일 아닐까요? 우리는 이제 막 씨를 뿌린 거잖아요. 이제 막 땅을 일구기 시작한 거잖아요.

성찰을
위한
질문

과거의 삶에서 가장 후회하는 것은 무엇인가요?

10년 후, 지금을 돌아본다면 무엇을 가장 후회할까요?

오늘 당신이 자신을 비우고 내려놓고 만나야 할 사람은 누구인가요?

당신의 삶에도 설명서가 있다면 어떤 내용일까요?

당신의 목표는 무엇인가요?

당신의 목표의 첫 번째 계단인 가장 작은 행동은 무엇인가요?

원하지 않는 감정과 태도를 원하는 감정과 태도로 바꿀 수 있는

당신의 버튼은 무엇인가요?

사회적으로 유망한 일은 무엇인가요? 나에게 유망한 일은 무엇인가요?

당신에게 당신 자신을 안아주는 말은 무엇인가요?

당신의 삶이라는 밭이 소산물을 내는데 걸리는 시간, 드는 비용,

노력은 얼마나 될까요?

PART 6

코치의 매일 단상

일출

떠오르는 해를 보면 그렇게 설렐 수가 없습니다. 평소 여행을 떠나면 늘 새벽에 출발하는데 아직 어두울 때 출발하다 보니, 늘 일출을 볼 수 있었지요. 그 날도 그랬습니다. 좋아하는 일출을 보며 호들갑스럽게 옆 사람에게 말했습니다. "어머~ 저거 봐!! 너무 멋있지 않아? 나는 해 뜨는 걸 보면 그렇게 설렐 수가 없어." 잔뜩 상기된 내게 옆 사람이 그러더군요. "자주 못 봐서 그런 거 아니야?" 나의 설레는 기분도 못 맞춰 준다며 눈을 흘기다가 어느덧 "그래, 그런가보다." 하고 인정을 해 버렸죠. 정말 그럴지도 모르겠다는 생각을 했습니다. 해가 뜨는 걸 보는 일이 일상이 아니었음을 알아차리는 순간이었습니다.

대학원에 재학 중이던 시절 토요일 아침 7시 반에 있었던 수업 덕에 일주일에 한 번은 일출을 볼 수 있었습니다. 물론 해가 짧은 겨울학기 한정이었지만요. 여명의 시간에 운전해서 나오다 보면 올림픽대로 저 건너편으로 해가 떠오르는 것을 보게 됩니다. 그 시간이 어찌나 설레던지, 그 순간을 담고 싶어 운전하다 말고 카메라를 들고 싶을 때가 한두 번이 아닐 정도였지요.

어느 해 1월 1일. 사람이 많이 몰리는 곳에 잘 가지 않는 우리 식구들이 일출을 보기 위해 하늘공원에 갔던 적이 있었습니다. 이미 많은 사람이 새해의 첫 번째 태양을 기다리느라 산자락에 울타리를 치고 있었습니다. 우리도 한구석에서 울타리가 되어 첫 태양을 기다렸죠. 도심의 빌딩 끝을 비추는 붉은 빛에 매료되었을 거라는 건 설명을 하지 않아도 짐작하셨을 거예요. 한참을 그렇게 바라봤을까요. 드디어 신선한 달걀노른자 같은 태양이 떠올랐습니다. 그런데 이상한 일이지요? 빌딩 끝, 한강의 낯을 한참을 어루만지고는 어느새 부지불식간에 훌쩍 떠오르는 해를 보고 있자니 저도 모르는 사이에 코칭으로 만나는 청년들이 떠오르는 게 아니겠어요?

때때로 청년들은 떠오르는 태양 같습니다. 어디를 물들이고 있는지도 모르겠는 시간, 아직은 어두운 시간을 묵묵히 뚫고 아무도 모르는 '자신의 때'에 딱 떠오르는 태양 같아요. 저를 찾아오는 청년들의 이야기 속에서 만났던 그들의 삶이 그랬고 그들이 성장하는 숱한 시간이 그랬습니다. 그저 답답하기만 한 고민의 때, 과연 내가 무엇을 할 수 있을까 자신이 없는 때, 그런데도 늘 무엇을 하며 애쓰고 있는 때, 저 지평선 아래에서도 해는 뜨고 지는 것처럼 청년들의 때도 아직 지면 아래에 있는 동안을 견디는 시간임을 청년들을 만나면서 더욱 확실하게 느끼는 것 같습니다.

어쩌면 저의 삶도 그랬던 것 같아요. 십 대 후반에서 이십 대 중반의 때엔 제가 떠오른다고 느끼지 못했던 것 같습니다. 그저 막막했고 어느 땐 멈춰 있는 것 같은 느낌이 들 때도 있었어요. 공부해야 하는 이유도 몰랐고 그 이유를 모르는 까닭에 공부하는 척만 하기도 했고, 그 이유를 모르면서도 열심히 하던 때도 있었습니다. 무언가를 열심히는 하고 있었지만, 의미 있다고 느낀 적은 없었던 것 같아요. 십 대 때의 소망은 스물여덟 살에 죽는 것이었으니 삶이 얼마나 의미 없었는지는 짐작이 되지요? 그런 제가 이렇게 고민하는 청년들을 만나는 일을 하고 있습니다. 어쩌면 그래서 청년들이 진심으로 존경스러운지도 모르겠어요. 하루하루를 책임을 다해 살고는 있었지만 삶에 관해 고민하지 않았고 자신에 관해 궁금해하지도 않았던 제 삶과 비교해볼 때, 저를 찾아오는 청년들은 삶에 관한 고민과 자신에 관한 호기심이 가득하거든요. 고민을 들고 저를 찾아오는 청년들에게 이야기합니다.

"진심으로 당신이 존경스러워요.
생각 없던 저의 스무 살이 고민 많은 지금의 당신을 존경하게 해요.
이런 당신을 만나게 해 줘서 고맙습니다."

이 한 마디는 청년들을 살리기도 하고, 이 말에 살아나는 청년들의 모습은 아무 생각 없이 살았다고 여기던 저의 이십 대를 의미 있게 만들어 주기도 합니다. 그래서 청년들을 바라볼 때 설렜던 걸까요? 마치 떠오르는 태양을 기다리듯 청년들의 삶 역시 자신의 때에 반드시 떠오를 것을 믿기에, 눈에 아직 보이지 않는다고 하여 떠오르지 않는 해가 아니라는 것을 알기에 그때를 기대하며 기다립니다.

반드시 떠오를 여러분의 때는 언제인가요?

눈에 아직 보이지 않는다면,

당신의 해는 눈에 보이지 않는 어디를 비추고 있을까요?

마음에도 고무장갑이 필요해

설거지를 할 때면 꼭 고무장갑을 사용하곤 했었는데 어느 날부터인지 손에 땀이 차거나 장갑 안으로 물이 들어오는 일이 잦은 바람에 고무장갑을 벗어 던져 버렸습니다. 겨울엔 따뜻한 물을, 여름엔 차가운 물을 온 손으로 마주하는 게 참 좋았어요. 그런데, 그 사이 손이 많이 거칠어진 게 아니겠어요? 코로나로 손 씻기, 손 소독을 자주 하고 나서부터는 더 거칠어진 느낌이 들기도 했습니다. 거칠어진 손이 안쓰러워 핸드크림을 발라주다가 그러다가 문득 "내 마음은?" 하는 물음이 생겼습니다. 어쩌면 이렇게 아무 때나 질문이 튀어나오는 건 코치의 직업병일 수도 있겠어요.

저를 만나러 오는 사람들은 마음이 거칠어진 상태로 오는 경우가 많습니다. 맨 마음으로 세상과 부딪쳐 상처 입은 마음, 거친 물을 쉴 새 없이 퍼붓는 바람에 거칠어진 마음들을 가지고 저를 찾아옵니다. 어떤 분은 일을 잘하고 싶은 마음에 생긴 완벽주의 때문에 긴장과 불안한 마음을 해결하고자 찾아오고, 어떤 분은 입시로 인해 생긴 두려움을 해결하기 위해 오기도 합니다. 자녀로 인해 상처받은 마음, 부모로 인해 상처받은 마음, 성적이 원하는 만큼 나오지 않아 좌절한 마음, 자신에 대한 부정적 인식으로 인해 끊임없이 생채기를 낸 마음까지. 설거지하던 손은 내 마음을 거쳐 어느새 이들의 마음에 가닿습니다.

'아무런 장비 없이 세상과 마주하는 우리들의 마음에도
크림을 발라준다면 어떨까?'
'어쩌면 내 마음에도 거칠어지지 않게 하기 위한
고무장갑이 필요하겠구나.'

거칠어진 손을 마주하던 눈은 제가 만났던 사람들의 마음을 거쳐 다시 제 마음으로 돌아오며 이런 생각이 떠오르게 했습니다. 몇 해 전 「어피치 마음에도 엉덩이가 필요해」라는 책을 읽다가 마음에도 엉덩이가 필요하다는 구절을 봤어요. 그 문장을 읽으며 마음의 엉덩이에도 쿠션이 필요하겠다는 생각을 하기도 했지요.

마음 크림, 마음 고무장갑, 마음 엉덩이 그리고 마음 쿠션. 오늘 우리에게 필요한 마음 크림은 무엇일까요? 오늘 우리에게 필요한 마음의 고무장갑은 무엇일까요? 우리의 마음을 보듬고 폭신하게 하는 것들은 무엇일까 생각해보게 됩니다. 어쩌면 "사랑해", "대단해", "오늘 멋졌어", "예뻐", "고생했어", "괜찮아", "존재하는 것만으로도 귀해" 같은 한 마디 말일 수도 있겠다는 생각을 해 봅니다. 제가 만났던 많은 사람은 이런 말들을 마음에 바르며 거칠어진 마음을 스스로 보듬기도 했습니다. 때론 부모님께, 선생님께, 친구에게, 배우자에게, 동료에게 듣고 싶었던 말들을 자신에게 직접 해

보기로 한 거죠. 처음에는 '어떻게 나 자신에게 이런 말을 하냐며 낯간지럽다, 손발이 오그라든다, 도저히 못 하겠다'는 반응을 보이던 사람들은 어느새 매우 자주 자신에게 이런 말을 하고 있다는 것을 발견하곤 그로 인해 자신의 마음이 많이 부드러워졌다고, 뽀송해졌다고 이야기합니다. 이젠 더 이상 아프지 않다는 기쁜 소식을 들려주기도 하고요.

여러분은 누군가에게 어떤 말을 가장 듣고 싶었어요?
그 말을 오늘 나에게 해주면 어떨 것 같은가요?
듣고 싶었던 말을 자기 목소리로 자신에게 들려준다면
여러분의 마음은 어떨까요?
여러분에게 마음 크림은 무엇인가요?
여러분 마음의 고무장갑은 뭐예요?
여러분 마음의 엉덩이, 마음 쿠션은 무엇인가요?

이걸로 공모전을 한번 해 보는 것도 재밌을 것 같습니다.

상처

제 몸엔 여기저기 흉터가 많습니다. 팔에도, 손에도, 다리에도. 한창때는 반소매를 입기가 민망할 때도 있었을 정도입니다. 누가 저를 어둠의 세계의 누군가로 보지 않을까 싶은 생각이 들기도 했답니다. 정말로 형님들 세계에 몸담았던 것은 아니고(형님들 친구가 있기는 했습니다만), 워낙 잘 넘어져서 생긴 흉터 때문이었죠. 자주 넘어지기도 했고, 운동 신경이 나쁘지 않은 편이라 그렇게 넘어졌어도 부러지지는 않고 상처만 남길 정도로 '잘' 넘어지기도 했습니다.

저희 엄마의 말을 빌리면 걷기 시작했을 때부터 뛰었다고 해요. 딱 세 걸음을 뛰면 넘어질 것이 뻔한데도 저는 꼭 뛰더래요. 머리가 크고 무거워서 중심을 잘 못 잡기도 했다고 하고요. 중학교 때 한 번은 반 대표로 장애물 달리기 선수로 참여한 적이 있었는데요, 네 가지 정도의 장애물을 통과하여 운동장을 한 바퀴 도는 거였어요. 마지막 장애물이 바닥에 가로로 세워진 사다리 구멍을 통과하는 거였는데, 한 바퀴를 4분의 1 남겨둔 저는, 낮게 깔린 사다리 구멍으로 들어가기 위해 몸을 낮추는 순간 다리 힘이 풀려 양쪽 다리를 운동장 모래에 고스란히 헌납했답니다. 결승선에 들어왔을 땐 붉은 핏줄기가 두 다리를 감싸고 있던 게 30년이 지난 지금도 꽤 선명합니다. 대학 1학년 때는 관악산에 등산을 갔다가 넘어져서 무릎뼈가 다 보일 정도로 살이 패인 적이 있었습니다. 그 흉터는 시간이 20년이 훌쩍 지났는데도 없어지지 않았습니다. 늘 같은 방식으로 넘어지는 건지 넘어질 때마다 같은 곳이 쓸리고 다치는 바람에 왼쪽 정강이에는 아직도 쓸린 상처가 희미하게 남아 있기도 합니다. 달리기 선수로 나가서 넘어진 흉터, 산에 갔다가 넘어진 흉터, 둘째 아이를 가졌을 때 부지런히 걷다가 넘어진 흉터 등이 긴 세월 동안 합쳐져 어쩌면 상처와 흉터는 고스란히 저와 한 몸이 된 것 같기도 합니다.

어느 날인가 다리 흉터를 보며 '맨날 넘어지는 애가 왜 이리 뛰어다녔을까, 왜 이리 돌아다녔을까?' 속으로 푸념을 하며 추억놀이를 하고 있었습니다. '그때 산엘 갔었지, 뭘 몰라 반바지를 입었었지. 신발도 스니커즈였어. 참 어렸었네. 참 젊었었네' 하다가, 문득 상처는 내가 무엇인가를 하는 과정 중에 생긴 잉여물이란 생각을 했습니다. '그때 내가 등산을 가지 않았더라면, 장애물 달리기 종목의 반 대표선수로 나가지 않았더라면 난 넘어지지 않았을 거고 그랬다면 상처도, 흉터도 없었을텐데.' 훈장처럼 있는 무릎과 정강이의 흉터를 볼 때마다 이런 생각들을 떠올리곤 했죠.

코칭을 시작하면서 늦은 나이에 새로운 시작을 한다는 것 자체가 두려웠습니다. 사람을 만나는 일을 하려고 하면서 처음으로 도전했던 대학원 입시에서 보기 좋게 떨어지며 실패를 경험했습니다. 다시 1년을 공부하여 대학원에 다시 도전했고 그때 성공할 수 있었어요. 첫 번째 코칭은 어떻게 했는지 생각도 나지 않습니다. 너무 긴장한 까닭이었죠. 다른 쪽에서는 전문가라는 얘기를 들었던 제가 새로운 것을 시작하면서 다시 병아리가 된 듯한 느낌이 마음을 힘들게 했습니다. 대학원에서 논문을 쓰면서 다시 바보가 된 것 같은 느낌을 지울 수가 없었습니다. 지도교수님은 학문적 글쓰기를 좀 더 연습할 필요가 있겠다고 돌려 말씀하셨지만, 글쓰기를 못한다는 말로 들려 좌절이 됐었죠. 나름 학창시절 글짓기 대회에서 상도 여러 번 탈 만큼 글쓰는 것에는 자부심이 있었는데 말이에요. 책을 집필하기로 하고 제 이야기를 써내려가는 지금도 '대체 내가 왜 책을 쓴다고 해서는...' 하며 복잡한 마음을 꾹 부여잡고 있답니다.

그런데, 어느 날부터인가는 조금 다른 생각을 합니다. '내가 등산을 갔었구나. 내가 대표선수로 뛴 적도 있었구나. 상처는 내가 무엇인가를 했기 때문에 생긴 거구나. 내가 무엇을 도전한 까닭에, 내가 무엇을 시도한 까닭에, 내가 누군갈 사랑한 까닭에 생긴 상처구나.' 아무것도 하지 않았다면 생기지 않았을 상처를 향한 동경보다는, 무엇인가를 하는 과정 중에 생긴 상처라는 것에 자부심이 떠올랐어요.

'내가 코칭이라는 것에 도전하지 않았다면 실패할 일도 없었을 텐데'가 아니라 '내가 코칭에 도전했구나. 다양한 시도를 하면서 실패한 적도 있었구나. 그 실패들이 쌓여 지금의 나를 만들었구나. 늦은 나이에 석·박사 과정에 도전했구나. 공부하면서 힘들었구나. 그럼에도 졸업했구나. 논문을 써냈구나'라는 말을 하기 시작했습니다.

'이 공식이 맞다면 책도 마무리가 되겠지' 하며 그저 웃는 이 순간 저에게도, 이 글을 읽고 계신 독자들께도 질문을 하나 던져봅니다. 상처의 이면을, 고통이 생겨난 과정을 보게 될 수만 있다면 우리는 모두 좀 더 나아갈 힘을 가진 삶을 살 수 있지 않을까요?

당신의 상처 이면에는 무엇이 있나요?
당신의 고통이 생겨난 과정에는 무엇이 있었나요?
그때 당신은 무엇을 시도했나요?

돌담에 피어나는 꽃같이

촘촘히 깔린 보도블록 틈을 비집고 피어난 민들레. 바위틈에서 돋아난 들꽃. 쓰레기 틈에서도 생명을 피우는 이름 모를 들풀. 어찌 이렇게 아름다운 것이 이런 틈에서 피어났을까 싶은 경이로운 풍경을 본 적이 있으신가요? 언젠가 창덕궁에 나들이를 갔던 날 바위틈에서 피어난 작은 풀꽃들을 보며 한참을 그 앞에 서 있었던 기억이 있습니다.

"얘, 넌 이런 곳에서 어떻게 피어났니? 이곳에서 뿌리를 내리고 꽃을 피워내느라 얼마나 힘들었니? 근데 너 힘이 대단한가 보다. 돌 틈에서 너를 피워내다니!! 이 속에서 살아남은 너의 힘은 뭘까?"

아마 속으로 이런 대화를 나눴던 것 같습니다. 몇 년 전 방영되었던 '사랑의 온도'라는 드라마 속 여주인공은 돌담 틈에서 피어난 작은 꽃을 보며 희망을 느낀다고도 했지요. 이 꽃이 매년 피어난 것을 보면 나에게도 기적 같은 삶이 찾아올 것 같다고, 정확하진 않지만 이런 뉘앙스의 말을 합니다. 그녀가 그 틈 사이 작은 생명을 바라보며 안도하는 장면을 보는 것만으로도 저는 좀 뭉클했더랍니다. 그 뭉클함은 어쩌면 제가 매일같이 만나는 청년들에게도 닿아있나 봅니다.

저를 찾아오는 청년들은 대부분 돌 틈에서 꽃을 피워낸 것 같은 삶을 살아낸 이야기를 갖고 있는 사람들입니다. 다만 돌 틈에서 살고 있다는 것만 인식한 채, 자신이 피워낸 꽃은 보지 못하는 사람들이죠. 그들에게 저는 질문합니다. 돌 틈에서 핀 꽃에게 했던 질문을요.

"그런 속에서도 살아남은 당신의 힘은 무엇인가요?
그 속에서 이렇게 튼실하게 자신을 피워낸 당신이 가진 힘은 무엇인가요?"

이런 질문을 받은 저의 꽃들은 대부분 처음엔 당황합니다. 아니, 황당해한다는 말이 더 맞겠네요.

"제가 힘이 있다구요?"
"제가 저를 피워냈다구요?"
"제가 튼실하다구요?"

대체 무슨 말을 하는 거냐는 눈빛에 장착된 의문에는 사실 '내가 진짜 그랬나?' 하는 기대가 2%쯤 담겨 있습니다. 그 순간 저는 그들이 들려준 이야기 속에 담긴 그들의 힘을 모아 전달하기 시작합니다.

한 청년은 어려운 가정환경에서 스스로 돈을 벌어가며 공부하느라 남들은 4년이면 마치는 대학 생활을 8년 만에 마쳤다고 했습니다. 너무 늦었다는 청년에게는 어떤 힘이 있었을까요? 맞아요. 중도에 포기하지 않고 끝까지 마무리한 힘, 주변의 다른 사람들의 삶의 모양에 흔들리지 않고 자기 삶의 속도대로 묵묵히 걸어간 힘이 있었죠. 어떤 청년은 전공이 나와 맞지 않는다는 것을 알면서도 4년이나 공부하고 이제 졸업을 앞둔 자신이 한심하다고 했습니다. 그에게는 좋아하지 않고 적성에 맞지 않아도 성실하게 책임을 다하는 힘이 있었습니다. 실제로 좋아하지도, 적성에 맞지도 않았던 전공이었지만 졸업 평점이 꽤 높은 편이었거든요. 이 청년이 만약 좋아하고 적성에 맞는 일을 찾는다면 어떻게 될까요? 좋아하지 않는 일에도 최선을 다해 성과를 내는 힘을 가지고 있는 그는 아마 자신이 좋아하는 일에 몰입할 때는 어마어마한 힘을 발휘할 겁니다.

돌 틈에 있다는 것만 인식할 때는 자신이 꽃을 피워낼 씨앗이라는 사실이 잘 보이지 않습니다. 그리고는 '왜 나는 돌 틈에 있나?', '왜 쟤는 좋은 땅에 있나?', '여긴 왜 이리 어둡나?' 등의 비관적인 생각만 하게 됩니다. 그러나 어떤 환경이든 내가 무언가 열매를 품은 씨앗임을 인식할 때는 좀 더 나에게 집중하게 됩니다. '내가 지금 이곳에 있는 이유는 뭘까?', '이곳에서 피워낼 나라는 씨앗에 담긴 꽃은 무엇일까?', '이곳에서도 이 꽃을 피워낼 수 있다면 나는 무엇을 할 수 있을까?'처럼요.

가끔 우리는 너무 우리가 처한 환경만 보며 좌절하는 것이 아닌가 싶을 때가 있습니다. 그래서 좁은 틈 사이를 뚫은 기적 같은 아름다움을 보는 것을 놓치기도, 창조하는 것을 놓치기도 하는 것 같습니다. 너무 단단해 보여서 꽃 같은 것은 감히 필 수 없는 것처럼 보이는 곳에서도 꽃은 피듯, 척박해 보이고 숨 쉴 수 없을 만큼 답답해 보이는 삶 속에서도 꽃을 피워낸 사람들을 보고 이 삶을 살아낸 나를 보는 것, 어쩌면 삶 자체가 돌 틈에 핀 꽃이 아닐까 하는 생각도 해 봅니다.

여러분의 삶에는 어떤 틈이 있나요?
여러분은 어떤 꽃을 품은 씨앗인가요?
여러분의 돌 틈에서는 어떤 꽃이 피어날까요?

같이 삽시다

　요즘은 반려동물을 키우는 사람들이 정말 많은 것 같습니다. 강아지, 고양이, 새 등 그 종류도 참 다양하고요. 지인 중에도 반려동물이 삶의 위로가 된다고 이야기하시는 분들이 많습니다. 제게도 반려생물이 있습니다. 바로 화분에 심긴 식물들인데요, 초록이들을 좋아하기 때문인지 결혼을 한 후 봄만 되면 그렇게 화분을 사서 햇볕이 잘 드는 곳에 두고 키웠지요. 그런데 사람이든 동물이든 식물이든 무언가를 키운다는 게 쉬운 일은 아닌 듯합니다. 봄마다 '이번엔 반드시 오래 키울 거야!' 결심하지만, 여름이 채 되지 않아 다시 흙으로 보내야 하는 일이 많았습니다.

　그렇게 한 3~4년쯤 키웠을까요? 아니, 키우고 죽이기를 반복했다고 하는 게 맞겠네요. 어쨌든 반려식물로 키우고 싶었지만 그렇지 못하고 실망만 하던 시간을 보내고 보니 식물마다 필요한 햇빛과 물의 양이 다르다는 걸 알게 됐습니다. 각각 다른 식물들을 한 덩어리의 식물군으로 보고 있었던 저는 이제는 하나하나의 이름을 부르고 그 특성과 고유함을 이해하기 시작했습니다. 이제는 한 화분을 10년 넘게 기른 것도 있고요, 제법 오래 식물들과 '반려'하고 있답니다.

그러다 보니 식물들과 교류하는 시간도 많아졌는데요, 물을 주고 햇빛을 고루 볼 수 있게 돌려주고, 누런 잎을 정리해주기도 하고, 가지치기를 해주기도 하죠. 그러던 어느 날 오래 기른 화분의 누런 잎을 정리하던 날이었어요. 꽃 가위로 누런 부분을 잘라주면서 '예뻐지겠다' 했는데, 이게 무슨 일인가요? 툭 잘려나간 부분이 날카로워 보이기도 하고 매정해 보이기도 하고 아파 보이기도 하더라고요. 문득, 잘린 잎보다는 누런색이 있는 잎이 더 예쁘다는 생각을 했습니다. 누런 잎은 누런색 나름대로, 초록 잎은 또 초록빛 나름대로, 상한 잎은 또 상한 나름대로, 뜯기지 않고 어우러지는 게 더 아름답다는 생각을 했지요. 가위로 잘라낸 그 선이 되레 더 볼품없어 보였나 봐요. 필요 없는 것 같고 썩은 것 같아도 보듬을 초록빛만 있다면 그냥 두는 게 아름다운 것 같다는 생각을 했습니다.

요즘 캠퍼스에는 이 모양 저 모양의 많은 청년이 저마다의 길을 가고 있습니다. 인종도 다양해졌고, 그 모양새도 다양해졌습니다. 어느 날은 아프리카에서 유학 온 학생이 코칭을 받으러 왔습니다. 아직은 한국말을 잘 못 알아들어서 교수님께 다시 질문했더니, 교수님이 "한국말도 못 알아들을 거면 뭣 하러 한국에 왔냐며 너네 나라로 돌아가라"라고 했답니다. 물론 모든 교수님이 이러시는 건 아닙니다. 그런 일이 있어서였을까요? 그 유학생은 일부 한국인들이 까만 피부를 보면 비웃는 것 같다고 했습니다. 얼른 학위 과정을 마치고 돌아가고 싶다는 말을 합니다.

최근 굉장히 좋게 봤던 드라마 <우리들의 블루스>에는 다운증후군을 가진 인물이 등장합니다. 우리 사회의 다양한 모습을 자연스럽게 담아낸 드라마가 참 고마웠습니다. 한편 몇 년 전 장애인 학교 건립을 반대하는 서명운동을 하던 모 지자체 시민들의 모습이 떠오르기도 했습니다. 각자가 가진 이슈와 상황이 있으니 누가 잘못했다고는 못하겠습니다. 하지만 이 사회도 화분을 채운 풀처럼, 저 들판을 수놓은 나무처럼 이 모양, 저 모양의 사람이 어우러져야 예쁜 거 아닐까 하는 생각을 해 봅니다.

몇 년 전 큰 아이가 중학교에 입학할 즈음, 저희 동네에는 사람들이 꺼리는 중학교가 있었습니다. 그 학교에 배정받지 않기 위해 6학년 2학기가 되기 전 이사 가는 분위기였고, 너희 집은 언제 이사 갈 거냐는 질문을 받기도 했습니다. 저도 고민을 했습니다. 좋은 환경과 분위기 속에서 학습하면 좋겠다는 부모의 마음은 다 같을 테니까요. 한편으론 결국 우리는 다양한 사람들과 더불어 살아야 하는 것 아닌가 하는 생각이 가득하기도 했습니다. 두 마음 사이에서 결국 피하지는 말자고 결정하고는 아이에게 말했어요.

"하은아, 걱정하지 마. 너로 인해 이 학교 더 좋아질 거야."

무슨 배짱이었는지 모르겠습니다. 겁이 나기도 했었나 봐요. 이 말을 하면서 목이 잠겼던 걸 보면. 왜 아니었겠어요. 이 모양 저 모양의 사람들이 어우러져 더불어 살아야 한다고 고상한 척 포장을 했지만, 저도 엄마인걸요. 와!! 그런데, 이 말은 진짜였습니다. 학교는 정말 괜찮은 곳이었어요. 좋은 선생님들, 좋은 친구들, 적당히 괜찮은 환경 등 학교 자체가 주는 좋은 것들도 많았고, 실제로 아이는 제 말이 예언된 것처럼 자신으로 인해 더 좋은 학교를 만들고 싶어 하는 것 같았답니다.

상대가 어찌하든 나는 초록빛이 되어 아우르자고 기도해 봅니다. 손해 보는 것 같을지라도 결국은 그런 나로 인해 그가 빛이 나고 그런 나로 인해 세상은 빛이 날 테니까요. 때론 내가 시들어 어두운 빛을 하고 있더라도 우리 곁의 누군가가 나를 안아 빛나게 하지 않겠어요? 함께 만들어 갈 빛나는 세상을 상상해 봅니다. 어쩌면 천국은 다름 아닌 그런 곳이 아닐까요? 누구나 어우러지는 곳.

그때에 이리가 어린 양과 함께 살며 표범이 어린 염소와 함께 누우며
송아지와 어린 사자와 살진 짐승이 함께 있어 어린아이에게 끌리며,
암소와 곰이 함께 먹으며 그것들의 새끼가 함께 엎드리며
사자가 소처럼 풀을 먹을 것이며,
젖 먹는 아이가 독사의 구멍에서 장난하며
젖 뗀 어린아이가 독사의 굴에 손을 넣을 것이라.

이사야 11장 6-8절, 개역개정

넘어지는 법

오늘은 정말 오랜만에 넘어졌습니다. 걸음걸이에 문제가 있었던 건지, 저의 속도와 다르게 걷고 뛰었던 때문인지 그 까닭은 명확하진 않았지만 어릴 때부터 참 잘 넘어졌었다는 얘길 저 앞에서 아주 길게 들려드린 바 있죠. 놓치신 분들을 위해 아주 간단히 설명해 드리면 엄마 말씀으론 걸음마를 시작하면서부터 그렇게 많이 넘어졌다고 합니다. 조금 과장하면 세 걸음 걷고 넘어지고 다시 세 걸음 걷고 넘어지고를 반복했다고, 넘어질 것 같은데 꼭 뛰었고 뛰면 여지없이 넘어졌다고 말씀하셨죠.

운동회 계주 선수로 나가서도 막판에 넘어진 기억, 엄마가 되어 아이 학교 운동회의 학부모 달리기 대회에서도 넘어진 기억, 산에 가서 넘어진 기억, 아이 임신 중 이사하던 날도 넘어진 기억, 대학원 체육대회 때도 계주 선수로 나가 뛰고 들어오면서 넘어진 기억 등 잠시 잠깐의 시간에도 떠오른 기억이 이렇게 많고도 다양합니다. 계단을 오르내리면서는 수도 없이 넘어졌고요. 한동안 정강이 중앙이 푹 패여 있을 정도였습니다. 바로 계단에서 넘어지면 항상 닿는 자리였죠. 이렇게 자주 넘어지면서도 다행히 운동 신경은 나쁘지 않은 편이라 '잘' 넘어졌습니다. 어디가 부러지는 일 없이 상처만 남겼으니까요. 하도 넘어지니 넘어지는 일은 제게 그리 신경 쓰이거나 아프거나 충격적인 일은 아니었습니다.

오늘은 산책 삼아 집에서 네 정거장 떨어진 아이의 학교로 걸었습니다. 아이의 하교 시간에 맞춰서 학교 정문에 등장할 생각이었죠. 엄마와 함께 걷는 걸 좋아하는 아이가 정문 앞에 깜짝 등장한 엄마를 얼마나 반가워할까 설레는 마음으로 종종걸음을 걸었습니다. 그런데요, 지하철역이 있는 사거리 건널목을 건너려다 그만 넘어지고 말았습니다. 정말 너무 오랜만에 넘어졌습니다. 너무 오랜만이라 넘어지는 법을 까먹었던 걸까요? 무릎이 너무 제대로 까였습니다. 너무 아프고 충격도 만만치 않습니다. 청바지 바깥으로 붉은 피가 새어 나옵니다. 그대로 집으로 돌아갈 법도 한데, 아이를 위한 깜짝쇼를 놓칠 순 없어서 그대로 아이의 학교까지 절뚝거리며 걸었습니다. 저를 본 아이는 저의 설렘대로 환하게 웃으며 좋아했습니다. 요술 램프의 지니를 본 알라딘의 표정이 저랬을까 싶을 정도로요. 아이에게 넘어진 이야기를 들려주자 마흔 살이 넘어도 넘어지냐며 우리 엄마 너무 귀엽다는 난데없는 반응을 보여줍니다.

아이와 낄낄거리며 한편으론 절뚝거리며 집으로 돌아오는 길, 저는 이 와중에 넘어지는 법을 까먹은 저를 발견합니다. 넘어질 일이 줄어들면서 넘어짐에 대처하는 능력이 약해졌구나 했답니다. 이래서 넘어짐도 감사한 걸까요? 삶도 늘 그랬던 것 같습니다. 넘어졌다가 일어나면서, 아팠다가 치유되면서, 부딪힌 지점에서 회복하면서, 늘 그렇게 자라왔다는 것을 알아차립니다.

잘 하던 일이 제가 좋아하는 일도, 잘하는 일도 아니었다는 것을 깨닫고 하루도 더 하고 싶지 않다고 느껴졌던 때가 있었습니다. 나는 도대체 30년도 훨씬 넘는 시간을 어떻게 살아온 것일까 하는 생각과 함께 처음으로 허무하다고 느꼈죠. 늘 주어진 환경에서 열심히 살았던 저는 한 번도 그 환경을 박차고 나간 적은 없었어요. 그러다 보니 싫어진 환경에 대해 어떻게 대처해야 할지 몰라 겁이 나기 시작했습니다.

'이게, 여기가 싫다고? 그럼 이제 어떻게 해야 해?'

날마다 고민하던 제게 코칭이라는 학문이 다가왔습니다. 그렇게 끝난 것 같다고 생각했던 길에서 새로운 길을 발견합니다.

최근엔 몸이 매우 아팠습니다. 감기도 잘 걸리지 않고 피곤해도 반나절만 자고 일어나면 씻은 듯 괜찮아질 정도로 좀처럼 아픈 일이 없는 제게는 참 생경한 경험이었지요. 갈비뼈 안쪽의 장기들이 터질 것 같았고 그로 인해 누워 있을 수도 앉아 있을 수도 없는 상황이 두어 번 반복이 되었습니다. 처음에는 밥 먹자마자 다시 책상에 앉아 일해서 그런가 보다 하며 대수롭지 않게 여겼지요. 그러다 어느 날 새벽에는 통증이 너무 심해 잠에서 깨는 일도 있었습니다. 병원에 가서 초음파를 찍어보니 담낭이 부어있다고 하더군요. 그런데 의사 선생님이 하시는 말씀이 담낭에 염증도 없고 담석도 거의 없는데 담낭이 부어있는 것이 이상하다는 것이었습니다. 결국, 대학병원 진료를 받기까지에 이르렀죠. 겁이 덜컥 났습니다. 한참 살며 일하는 재미를 느끼는 제게 진한 어둠의 그림자가 드리워진 것 같은 기분이었어요. 다행히 수술이 필요한 긴급한 상황은 아니다, 괜찮다, 너무 피곤하지 않게 일을 조절해라 등으로 결론이 났습니다. 이 상황을 지나오며 저는 저의 몸과 시간을 더 잘 관리하게 되었습니다. 사실은 별 것 아닌 상황을 심각하게 큰일처럼 느끼게 함으로써 나 자신을 지킬 수 있도록 해주는 삶이 참 감사했습니다.

넘어지고 깨진 우리에게만 주어지는 삶이 주는 놀라운 선물, 다시 일어날 힘. 오늘도 깨지고 까졌지만, 다시 일어났으니 그걸로 충분하다고 그래서 감사하다고 웃어봅니다.

그녀

아침마다 아이를 학교에 데려다주고 오는 길, 가끔 들르게 되는 별다방의 드라이브스루(Drive Through) 매장이 있습니다. 커피를 몸에 공급하는 일은 아직 잠을 덜 깬 머리를 깨우는 일이기도 하지만 때로는 혈액 순환이 되는 것 같은 느낌일 때도 있고, 때론 심장을 새롭게 뛰게 하는 일이기도 합니다. 커피 한 잔이 주는 안식은 어쩌면 한 사람을 살리는 것 같기도 합니다.

그런데요, 이 커피 매장에는 사람을 살리는 것이 하나 더 있습니다.

"반갑습니다, 고객님~"

별스럽지 않은 이 한마디로 사람을 살리는 그녀입니다. 그녀의 인사에 그만 눈이 다 감기도록 웃는 저를 봅니다. 이제 막 매장에 진입했을 뿐인데, 이제 막 차창을 내렸을 뿐인데, 아직 커피를 한 모금도 들이키기 전인데도 미처 깨지 못한 몸이 살아나는 것 같달까요? 처음 그 목소리를 만난 날은 커피를 받아서 돌아오는 길 내내 "얘, 뭐지?" 하는 말을 저도 모르게 연신 내뱉었답니다. 의례적인 인사말이 아닌 왠지 진짜 반갑게 맞이해주는 것 같은 느낌이었어요. 그 목소리 하나는 온 아침을 즐겁게 만들어 주었습니다. 목소리 하나로도 사람에게 이렇게 감동을 줄 수 있다는 걸, 아니, 어쩌면 사람을 살릴 수도 있겠다는 걸 새삼 다시 느끼게 된 날이었습니다.

그녀는 알까요? 자신의 목소리에 얼마나 큰 힘이 있는지. 누군지도 모르는 사람을 절로 웃게 하는 힘, 채 깨지 못한 몸과 마음이 살아나게 하는 힘. 마음 같아선 알려주고 싶었습니다. 당신 덕분에 힘이 난다고. 당신 덕분에 지금 이 순간이 너무 좋다고.

"좋은 하루 보내세요~"

음료를 건네는 손과 함께 들려주는 보내는 인사에

"네, 좋은 하루 보내세요~"

소심하게, 그러나 그 어느 때보다 진심으로 밝게 마음을 전했습니다. 오늘이 그녀에게 좋은 하루가 되기를 진심으로 바랐습니다. 아니, 저도 모르게 바라게 되었어요. 이름도, 사연도 모르는 사람을 이렇게 축복할 수 있다는 걸 불혹을 한참 넘긴 나이에야 이렇게 처음으로 알게 됩니다. 매일 그녀를 만나고 싶다, 매일 그녀와 인사를 나누고 싶다는 생각이 들었습니다. 안 그래도 자주 들르는 매장을 그녀와 인사를 나누고 싶다는 마음이 더해져 방앗간처럼 매일 가기 시작했습니다. (아무래도 그 매장의 점주님은 머리를 잘 쓰신 듯 합니다. 친절하다는 말로는 설명이 부족한 그녀를 카운터에 둔 것은⋯.) 매일같이 반갑다는 그녀의 인사에 저절로 진심의 웃음이 지어집니다. 좋은 하루 보내라는 그녀의 말에 오늘은 더욱 용기를 내어 지난번보다 조금 더 큰 소리로 말했습니다.

"언니도 오늘 좋은 하루 보내요~!!"

그녀는 더욱 큰 목소리로 대답합니다.

"와~ 고객님, 너무 감사해요. 고객님도 정말 좋은 하루 보내세요~!!!"

그렇게 우리는 서로의 하루를 축복합니다. 이 청년처럼 목소리만으로도 좋아지게 하는 사람이 되고 싶습니다. 목소리만으로도 살아나게 하는 사람, 목소리만으로도 가슴 뛰게 하는 사람, 목소리만으로도 힘이 나게 하는 사람, 목소리만으로도 축복하게 하는 사람이 되고 싶다는 소망이 생깁니다.

진심을 담아 고객을 맞이해주던 이 청년이 오늘의 저를 살립니다. 이 청년의 삶이 더도 말고 덜도 말고 자신의 목소리 같기를 기도하게 됩니다. 덕분에 저의 아침은 더욱 풍요로워집니다. 아마 사람마다 각자가 가진 재능과 잠재력으로 누군가 옆에 있는 사람들을 살릴 수 있을 테지요. 살린다는 게 별건가요? 그저 '오늘이 참 좋구나, 오늘이 참 행복하구나, 오늘이 참 괜찮구나'를 느끼게 하는 것, 그것이 누군가를 살리는 일 아닐까요? 그녀처럼 목소리로, 어떤 사람은 눈빛으로, 어떤 이는 포옹으로, 어떤 이는 말로, 어떤 이는 듣는 것으로, 어떤 이는 선물로, 어떤 사람은 손잡아주는 것으로. 오늘도 우리가 사는 곳곳에서, 내가 서 있는 그곳에서 각 사람의 존재로 인해 사람들의 무언가가 살아나기를 기도합니다.

여러분은 오늘 무엇으로 옆에 있는 사람을 살릴 수 있나요?

미라클 라운지

지난 학기 코칭을 받았던 두 청년이, 알고 보니 같은 과 동기라는 사실을 알게 되었습니다. 코칭을 받으면서도 둘이 이야기를 많이 나누었다더군요. 방학이 시작되며 둘에게서 함께 만나고 싶다는 연락이 왔습니다. 마포의 한 레스토랑에서 맛있는 식탁을 나누며 코칭을 받으면서 느꼈던 것, 또 새로운 고민에 관해 이야기를 나누었습니다. 여전히 새로운 고민이 생겨나지만, 연락할 수 있는 사람이 생겼다는 고마움과 든든함이 있었다는 이야기도 들려줍니다. 어쩌면 누군가의 한 사람이 되어주고 싶었던 저의 소망은 이렇게 이루어지나 봅니다.

재직자 전형으로 대학에 입학하여 공부를 시작한 이 청년들과 퇴사를 해야 할지, 대학원 진학을 준비해야 할지, 고민은 언제까지 해야 할지, 어떻게 좋아하는 일을 선택하고 실행할지 등 다양한 이야깃거리를 두고 4시간을 함께 이야기를 나눴습니다. 청년들이 처한 시스템의 한계를 들으며 무엇이 이들에게 진짜 도움이 되는지를 고민하게 되었습니다. 분명 어느 한쪽으로는 닫혔던 문이 열린 게 맞는데도, 또 다른 쪽으로는 투명하지만 높은 경계를 쌓아놓고는 '이렇게 좋은 게 많지만, 너네는 보기만 해'라고 하는 것 같아서 마음이 좀 불편하기도 했습니다. 그럴 수밖에 없는 시스템의 이유가 나름대로 이해가 되어 더 불편하기도 했고요. 시스템과 삶에 대해 뜨겁게 토론했던 우리의 밤은 그렇게 우리를 또 다른 길로 인도했습니다.

대학에 다니는 동안 코칭을 받았던 한 청년은 취업 준비를 하는 중이던 어느 스승의 날에 문자를 보내옵니다.

"코치님, 최근에 코치님 생각이 났는데 참 감사하더라고요. 어린 어른이 었던 제게 어른이 되어주셨던 코치님, 20대 초반의 저에게 귀한 존재가 되어주셔서 감사해요."

청년의 문자로 시작된 우리의 대화는 만나자는 약속으로 이어집니다. 브런치를 먹으며 취업을 준비 중인 상황에서 자신이 경험한 어려움과 고민을 이야기합니다. 대화를 통해 청년이 가진 고유함과 유능감을 발견하게 되죠. 이렇게 재발견한 고유함과 유능감이 청년에게 좋은 영향을 미쳤던 걸까요, 우연의 일치였을까요? 얼마 후 취업을 했다는 연락을 받고는 얼마나 기뻤는지 모릅니다.

모 청년센터를 통해 코칭을 받았던 한 청년은 담당자를 통해 코칭을 다시 받고 싶다는 말을 전해 왔습니다. 어려운 상황 속에서도 자신의 길을 가려고 노력하던 청년의 모습이 떠올랐고, 그녀와 함께 해주고 싶다는 마음이 들었습니다. 그렇게 우리는 비가 오던 어느 날 다시 만났습니다. 따뜻한 카

페를 찾아 그녀가 먹고 싶다는 아인슈페너와 조각 케이크, 쿠키를 몇 개 골랐죠. 이제 지난 코칭 이후 그녀의 이야기가 시작됩니다. 이야기 속에는 그동안의 도전과 어려움이 함께 있죠. 도전과 어려움은 우리의 이야기 속에서 격려와 응원, 새로운 도전으로 이어집니다.

한 학기를 코칭으로 함께 했던 청년에게서 종강했다며 연락이 왔습니다. 종강하면 꼭 만나고 싶다더니 종강하자마자 연락을 한 거죠. 잊지 않고 다시 찾아준 그가 참 고마웠습니다. 그가 먹고 싶은 음식을 함께 나누며 식탁 위로는 그동안 묵혀 두었던 이야기를 풀어냅니다. 계획대로 기말고사를 잘 준비하여 잘 치러냈고, 연말 여행 계획과 겨울방학 스키장 티켓팅까지 완료했다는 이야기를 쉬지도 않고 들려줍니다. 방학 동안의 학습계획 점검과 다음 학기에 대한 기대, 부모님과의 갈등과 조율, 자신이 가진 주도성의 근원과 젊은 꼰대성까지, 이야기의 내용은 저 끝에서 이 끝까지 참 방대하기도 했습니다. 삶을, 고민을, 기대를, 수다를 나누는 시간이 되었죠. 그리고 헤어지기 전 이 청년은 수줍게 마음을 담은 봉지를 내밀었습니다.

"오늘 들른 빵집의 시그니처 빵이에요. 저도 코치님께 무언갈 드리고 싶어서 샀어요."

이 예쁜 마음을 거저 받으며 알 수 없는 감동이 밀려듭니다. 그저 이렇게 청년들의 가까이에서, 그들의 이야기를 잘 들을 수 있는 사람이 되고 싶다는 소망을 한 번 더 품게 되지요.

강점 발견 강의 및 집단 코칭에서 만났던 한 청년은 제게 메일을 보내왔습니다. 메일에는 강의를 인상 깊게 들었다는 아주 일상적인 소감 끝에 꼭 한번 만나고 싶다는 이야기가 담겨 있었습니다. 강점 코칭으로 이제 막 자신의 진로 방향성을 명확하게 한 시점에서 그 방향으로 가기 위한 세부 설계를 하고 싶다는 이야기와 함께요. 비용 걱정을 하는 그에게 편안히 나오라는 이야기를 했습니다.

코칭을 받았던 기억이 좋은 기억으로 남아서 다시 연락해온다는 건 코치인 저에게는 그 무엇보다도 기쁜 일입니다. 하지만, 누군가 제게 청년 코칭을 만류하며 했던 말, "청년들은 돈이 없잖아요. 코치님도 장기적으로는 비즈니스 코칭을 해야 할 거예요"처럼 청년 중에 고액의 코칭 비용을 낼 수 있는 사람은 많지 않았습니다. 학교나 기관을 통해 코칭을 받은 청년들은 개인적으로 코칭을 받기 위한 비용을 감당할만한 능력을 갖추고 있기가 어려웠지요. 그나마 부모의 지원을 받을 수 있는 청년들이 있기도 했지만, 부모에게 자신의 어려움을 토로하지 못하는 청년들도 참 많았습니다.

한 그릇의 따뜻한 식사, 한 잔의 커피와 함께 이 청년들 삶의 매우 중요한 지점을 함께 할 사람이 필요하겠다는 생각을 했습니다.

'미라클 라운지'

미라클 라운지는 청년들과 식탁을 나누며 코칭을 제공하는 프로젝트입니다. 한 그릇의 함께하는 식탁으로, 한 잔의 커피로 푸르른 청년들이 고민하며 이 길을 함께 걷기 위해 저는 제 소득의 십 분의 일을 따로 적립합니다. 바로 '축복과 환대를 위한 십일조'죠. 번 돈의 일부를 제가 가장 사랑하는 청년들에게 되돌려주기로 한 거예요. 매번 번 것의 십일조를 청년들을 먹이고 만나는 데에 사용합니다. 수입이 많아질수록 청년들에게 가는 것이 많아지는 건 어쩌면 당연한 일이었고, 언젠가부터는 수입이 더 많아지면 좋겠다는 생각을 하기도 했습니다. 앞선 글에서는 코칭을 하면서 돈을 한 푼도 벌지 못한다고 해도 괜찮을 것 같다고 이야기했었는데, 마지막쯤 되니 말이 바뀌는군요. 하지만, 우리 독자들은 제 마음을 아시리라 믿어요. 미라클 라운지 통장의 금액이 늘어나는 것을 보며 즐거운 것은 무료로 밥 사주고 코칭할 수 있는 청년들의 숫자가 늘어난다는 것을 의미하기 때문입니다.

그냥 먹이고 입히는 청년들이 많아지기를, 십일조가 늘어나기를, 청년들을 위한 미라클라운지가 더 자주 펼쳐지기를 소망합니다.

2016년부터 대학에서 청년들을 코칭하면서 청년들의 내면과 외면을 만났고, 평생 당신이 내가 필요한 순간에 거기 있을 거라 말했으며, 그 말은 끊임없이 제게로 돌아오는 중입니다. 어제도 한 청년에게 연락이 왔습니다. 몇 개월간 공들였던 일이 잘 안 되었다고, 먹은 것도 다 게워 냈다고. 술술 자신을 드러내고 풀어내는 것을 보니, 자신의 이야기를 들어주는 누군가가 있다는 게 안심이 되었나 봅니다. 주저하지 않고 고민도 없이 만나자고 했습니다. 맛난 밥을 먹여야겠습니다. 제 품이 필요한 한 사람의 청년을 이렇게 안으려고 합니다. 그러니, 청년들 살리고 싶으신 분은 남코치에게 코칭 받읍시다.

　오늘도 한 청년을 만나러 갑니다.

성찰을
위한
질문

반드시 떠오를 당신이라는 태양의 때는 언제인가요?

당신이라는 태양은 지금 어디를 지나고 있을까요?

당신이라는 태양은 지금 어디를 비추고 있나요?

당신의 마음에 쿠션이 되는 말은 무엇인가요?

당신에게 들려주고 싶은 당신이 가장 듣고 싶은 말은 무엇인가요?

당신에게는 어떤 상처가 있나요?

당신이 가진 상처의 이면에는 무엇이 있었나요?

당신의 돌 틈에서는 어떤 꽃이 피어날까요?

당신으로 인해 천국이 될 곳은 어디인가요?

당신으로 인해 빛날 자리는 어디인가요?

당신은 누구와 함께하고 싶은가요?

넘어지고 깨진 삶에서 당신이 받은 선물은 무엇인가요?

당신은 당신의 무엇으로 당신의 주변을 살아나게 할 수 있나요?

PART 7

남코치의 세상

보이니, 그 유일함이 얼마나 아름다운지

"저는 왜 이 모양일까요?"

"저는 왜 이렇게 못났을까요?"

"저는 왜 저 사람처럼 못할까요?"

이런 말로 시작되는 청년들과의 대화는

"제가 괜찮은 사람이라는 걸 알았어요."

"제 안에 보석이 있다는 걸 알았어요."

"저답게 사는 방법을 알 것 같아요."

등과 같은 대답으로 마무리됩니다.

최근에 만난 한 청년은 제게 "코치님, 어떻게 한 시간 만에 제 강점을 이렇게 많이 발견하실 수가 있나요?"라는 감탄 섞인 질문을 했습니다. 저는 "제가 원래 보석 찾는 걸 잘합니다. 보석 캐기 대장이에요. 당신이 보여준 걸 고이 주워서 드릴뿐이에요." 그 청년이 제게 기가 막힌 별명을 하나 지어줍니다.

"코치님, 광부셨네요!!"

기적 코치라는 별명 이후에 가장 마음에 드는 별명이었습니다. 보석을 캐는 사람. 광부.

며칠 전에 만난 청년은 "저는 너무 다른 사람의 눈치를 많이 보고 많은 사람 앞에 설 때 긴장을 자주 해요."라는 문장으로 자신의 이야기를 시작했습니다. "디자인을 전공했고, 디자인하는 것 자체는 좋았는데 제가 디자인한 것을 사람들 앞에서 다시 설명해야 하고 설득해야 하는 과정들이 저를 너무 힘들게 했어요. 제가 한 디자인을 제품으로 만들기 위해 거쳐야 하는 사람들도 너무 많았고요. 그래서 이제는 진로를 바꾸려고 합니다." 주로 '피하고 싶었다', '하는 게 무서웠다'라는 단어로 묘사되는 그의 삶의 이야기를 들으며 떠오르는 질문이 하나 있었습니다.

"피하고 싶었고 무서웠음에도 불구하고 끝까지 하실 수 있었던 건 당신 안의 어떤 점 때문인가요?"

한참을 생각하던 그가 이야기합니다.

"시작한 걸 끝내야 한다는 마음, 갈등을 일으키고 싶지 않은 마음. 그런 마음들이었던 것 같아요."

어쩌면 눈치 봄, 사람들 앞에서의 긴장감은 그의 약점으로 명명되어 그를 무섭게 만들었지만 그 이면에는 책임과 평화, 사람들의 생각과 느낌이 다 보이는 섬세함, 사람들의 반응을 주의 깊게 살피는 세심함이라는 강점들이 숨어있었던 건 아닐까요? 저의 생각을 그에게 들려주고 그의 생각을 물었습니다.

"맞아요. 그런데 제 눈엔 사람들 앞에서 자신감 있게 발표하는 친구들의 모습을 보면서 그게 멋있다고 생각했던 것 같아요. 그러지 못했던 제가 좀 바보 같았던 것 같아요. 네, 저는 책임감이 있어요. 떨리지만 끝까지 말했어요. 무서웠지만 시작한 일을 멈추지는 않았어요. 맞아요. 사람들의 반응이 다 보여요. 사람들이 어떻게 느끼는지 다 보여요. 그래서 말을 하는 게 조심스럽고 더 긴장돼요. 더 많은 생각을 하게 되고요."

그래요. 다른 사람과 비교하지 않았다면 그냥 나의 고유함을 먼저 봤더라면, '나는 섬세한 사람이야', '나는 세심한 사람이야', '나는 책임감 있는 사람이야', '나는 시작한 걸 끝내는 사람이야', '나는 평화를 좋아하는 사람이야'라고 이야기했겠죠. 그리고 다만 '이런 부분은 조금 보완할 필요가 있을 것 같아', '이런 부분은 조금 개선되면 좋을 것 같아'라고 생각하지 않았을까요?

진로를 바꾸겠다던 그 청년은 다시 자신의 고유함을 보기로 합니다. 좋아하는 일을 두려움 때문에 피하고 싶지는 않다고 했지요. 우리 각자는 모두 각각 고유함을 가졌습니다. 그 고유함을 보석으로 보느냐, 혹은 골칫거리로 보느냐는 사실 내 마음이 결정합니다. 우리의 고민 안에는 사실 우리의 고유함이 숨어있어요. 고민하되 고민 자체에 함몰되지 말고 고민 속에 숨은 자신의 고유함을 찾아보면 어떨까요? 우리의 고유함이 얼마나 아름다운지 찬찬히 살펴보면 어때요?

오늘은 자신이 마치 골칫거리 아웃사이더인 것 같은 느낌적인 느낌이 자꾸 솟는 우리에게, 메이저가 아닌 마이너인 것 같은 느낌적인 느낌으로 괴로운 우리에게 아이유의 노래를 선물하고 싶습니다.

느려도 좋으니 결국 알게 되길
The one and only
You are my celebrity
잊지마 넌 흐린 어둠 사이 왼손으로 그린 별 하나
보이니 그 유일함이 얼마나 아름다운지 말야
잊지마 이 오랜 겨울 사이 언 틈으로 피울 꽃 하나
보이니 하루 뒤 봄이 얼마나 아름다울지 말야

아이유, <Celebrity>

어쩌면 동시대를 살아가는 친구들에게 불러준 노래일지도 모를, 어쩌면 동시대를 살아가는 친구들을 만나는 나 같은 사람을 위해 불러준 노래일지도 모를, 아니 어쩌면 늘 빛나야 하는 부담과 책임을 지고 있는 자기 자신에게 불러준 노래일지도 모를 이 노래와 함께 나의 고유함에 한 발짝만 닿기를요.

괴짜 어른

"…그에게서 배운 가장 중요한 것은 나 자신에게로 가는 길에서 또 한 걸음 앞으로 나아가는 것이었다. 나는 당시 열여덟 살쯤 된 기묘한 젊은이였다. 많은 일에서 매우 조숙했지만, 또 다른 일에서는 매우 뒤처져서 어쩔 바를 몰랐다. 자신을 다른 사람과 비교할 때면 자주 자부심에 넘치고 오만했지만, 또 그만큼 자주 기가 죽고 자존심에 상처를 입었다. 이따금 나 자신이 천재 같다가도 이따금은 절반쯤 미친 것 같았다. 또래 친구들의 기쁨과 삶을 함께 누리는 일이 내게는 잘되지 않았다. 내가 희망 없이 그들에게서 멀리 떨어져 있는 것만 같아서, 삶이 내게는 닫혀 있는 것만 같아서 때때로 스스로를 비난과 근심으로 괴롭혔다. 그 자신도 괴짜 어른이었던 피스토리우스는 내게 용기와 자신에 대한 존경심을 갖도록 가르쳤다. 그는 나의 말에서, 나의 꿈과 상상과 생각에서 늘 가치 있는 것을 발견하고 언제나 그것들을 진지하게 받아들이며 진지하게 이야기함으로써 내게 모범을 보여주었다."

헤르만 헤세, 「데미안」 중 (안인희 역, 문학동네(2013), 132~132p)

<데미안> 하면 어떤 내용이 떠오르시나요? 아마도 '새는 힘겹게 투쟁하여 알에서 나온다. 알은 세계다. 태어나려는 자는 한 세계를 깨뜨려야 한

다'는 내용을 기억하는 분이 가장 많지 않을까 싶습니다. 선과 악을 함께 가진 신비롭고 다면적인 존재인 아프락사스까지 굳이 떠올리지 않더라도, 주인공인 싱클레어의 삶을 통해 도덕적이거나 사회적 인정을 추구하는 '나'가 아닌, 자기 자신이 인정할 수 있는 '진짜 나'를 찾는 과정을 보게 되는 고전적인 소설이죠. 우리가 사는 세상에서도 자신의 삶에 대해 고민하고 고뇌하는 수많은 싱클레어를 만납니다. 아니, 어느 땐 나도 싱클레어였고, 어쩌면 어른이 되어가는 어른이들, 그리고 우리와 함께 어른이 되어 가는 우리의 아이들, 제자들, 어쩌면 지금은 어른인 우리 모두 싱클레어였거나 싱클레어인 건 아닐까요?

벌써 몇 번을 읽었는지 모릅니다. 어릴 땐 헤르만 헤세의 책을 들고 있는 것 자체가 되게 멋있어 보여서 이 책을 들고 있었어요. '헤르만 헤세'가 들으면 어이없어할지도 모르지만, 그 이름에 담긴 '허세' 같은 것이 어린 싱클레어였던 '남상은'에게 있었던 겁니다. 그때만 해도 책 내용을 이해하지는 못했던 것 같아요. 아프락사스가 나오는 순간 멘붕이 왔다고나 할까요? 어른이 된 후, 더 정확히 말하면 코치가 되고 난 후 다시 본 이 책에서 제가 주목한 건 그동안은 스치고 지났던 피스토리우스라는 존재였습니다. 싱클레어에게는 물론이고 자신도 스스로 괴짜 어른이라고 했던 피스토리우스 말예요. 싱클레어의 이야기에서 늘 가치 있는 것을 발견하고 진지하게 대화 나누던 그의 모습은 저로 하여금 어른의 새로운 모습을 볼 수 있게 해주었습니다.

어쩌면 나에게도 그런 존재가 필요했던 건 아니었을까요? 어쩌면 우리 모두에게는 피스토리우스 같은 '괴짜 어른'이 필요한 건 아닐까요? 말, 꿈과 상상과 생각에서 가치 있는 것들을 발견해주는 사람, 때론 얼토당토않을 수 있는 이야기도 진지하게 받아들여 주는 사람, 나에 관한 호기심을 가지고 나와 진지하게 이야기할 수 있는 사람, 고민과 좌절 뒤에 숨겨진 놀라운 가능성과 잠재력을 발견해주는 사람 같은.

청소년기를 떠올려보면 제게 괴짜 어른은 없었던 것 같습니다. 이미 하늘나라로 떠난 아빠, 아빠의 부재로 인해 경제활동을 해야 했던 바쁜 엄마도 싱클레어였던 제게 피스토리우스는 아니었어요. 인제 와서 스스로 어쩔 수 없던 제 환경을 탓하지는 않습니다. 생명을 제 맘대로 할 수 없던 아빠도, 바쁘게 돈을 벌어 삼 남매를 먹여 살려야 했던 엄마도 당신의 최선을 다해 제게 좋은 부모이려고 하셨다는 것을 누구보다도 잘 아니까요.

다만 이제는 소망합니다. 저를 찾아오는 싱클레어들에게 제가 괴짜어른으로 존재하기를요. 그들의 이야기를 정성스럽게 듣고, 그들의 고민 속에 담긴 가능성과 잠재력의 보물을 발견하여 돌려주는 사람, 의미 없었다고 말하는 그들의 경험 속에서 맥락을 찾아 연결하여 의미를 발견해주는 사람, 아니, 그냥 그들이 가진 고유한 특성과 독특함을 잘 관찰하여 이야기해줄 수 있는 사람으로 존재하기를 소망합니다. 제 두 딸에게, 그리고 저 자신에게도요.

왜 변호사가 되셨어요?

2019년의 봄으로 기억합니다. 맘을 설레게 했던 드라마 '진심이 닿다'. 주인공인 두 배우, 이동욱님과 유인나님이 좋아서 보기 시작했던 이 드라마 속에서 명대사 하나를 발견했죠. 극중 여배우였던 유인나님은 변호사였던 이동욱님에게 이렇게 질문합니다.

"변호사님, 변호사님은 왜 변호사가 되셨어요?"

이동욱님은 대답합니다.

"편 들어주고 싶어서요."

변호사라는 직업이 매력적으로 다가온 순간이었습니다. 편 들어주는 사람.

2020년 12월. 인물들의 티키타카가 너무 재밌어 보게 된 드라마 '런 온'. 극중 신세경님의 역할은 통번역가입니다. 그녀는 자신의 직업인 번역가에 대해 이렇게 이야기합니다.

"말과 말 사이에 다리를 놓는 사람"

20대 초반 아랍어를 전공했던 저는 아랍어 통역을 여러 번 했지만, 통역이라는 일에 대해 한 번도 그런 생각을 해 본 적이 없었습니다. 아랍어와 한국어 사이에 다리를 놓는다는 것은 생각도 못 했을뿐더러, 그저 제가 아랍어를 잘해서 통역한다고 생각했었지요. 아마 그래서 그 길을 끝까지 못 갔나 봅니다.

사람들은 저마다 다른 이유로 일을 합니다. 살기 위해 일을 하기도 하고, 인정받기 위해 일을 하기도 하며, 소속감이 좋아서 일하기도 합니다. 자아실현을 위해 일하기도 하고, 인류를 위해 일하기도 합니다. 같은 일을 하면서도 저마다 다른 이유가 있기도 하고, 같은 이유를 가지고 다른 일을 하기도 합니다.

법이 좋아서 변호사가 된 사람도 있고, 돈을 많이 벌기 위해 변호사를 선택한 사람도 있고, 편 들어주는 존재로 있기 위해 변호사가 된 사람도 있습니다. 생명을 살리는 사람이 되고 싶어 의사를 선택한 사람도 있고, 사람을 살리기 위해 저처럼 코칭하는 사람도 있습니다. 말과 말 사이에 다리를 놓는 사람이라는 존재가 좋아서 번역가로 일할 수도 있고, 단순히 언어능력이 탁월하여 번역하는 사람도 있습니다.

이유를 먼저 생각하고 일을 선택하기도 하고, 일을 선택한 후 의미를 부여하기도 합니다. 어떤 일은 의미를 찾을 수 없어 더는 지속하는 것이 힘들어지기도 합니다. 아직 구직 중인 청년들의 커리어 설계를 위한 코칭을 하면서 가장 먼저 하는 일은 진로의 방향성을 탐색하는 일입니다. 이유를 먼저 찾아보는 거죠. 그 이유를 찾기 위해 다음의 질문에 대답해봅니다.

"당신은 어떤 사람으로 기억되고 싶은가요?"
"당신은 어떤 사람으로 존재하고 싶은가요?"
"당신이 당신의 삶에서 중요하게 생각하는 것은 무엇인가요?"

이유를 먼저 찾은 사람들은 자신이 좋아하고 잘하는 일에 자신만의 의미를 부여할 수 있습니다. 한편 이미 취업한 사람들은 하는 일이 맘에 들지 않거나 일에서 의미를 찾을 수 없을 때, 이직이나 퇴직의 욕구가 올라올 때 코칭을 받으러 옵니다. 그들과는 위의 질문에 대한 답과 지금 하는 일과의 연결 지점을 찾아봅니다. 대부분은 선택한 일에 자신이 알지 못했던 자신만의 이유와 의미가 있었음을 발견하게 되고, 몇 명만이 이유를 발견하지 못하고 이직을 선택합니다. 이직이나 퇴직 등이 답이 될 수도 있고, 답이 아닐 수도 있으니 세심하게 자신을 살펴볼 필요가 있습니다.

여러분은 어떤가요? 여러분의 이유는 무엇인가요?
어떤 이유를 만들고 싶은가요?

오늘은 여러분만의 일의 의미를, 이유를 떠올려보는 건 어떨까요.

I'm beautiful! I'm wonderful!

사람들이 짜 놓은 Frame에 애써 나를 끼워 넣지 않아

미움받을 용기를 세팅할게

상처는 더욱 날 성장시켜 오늘도 수고한 나에게 축복을

I'm beautiful 노래해 내 삶의 모든 외침이 곧 예술

I'm wonderful 느껴 보란 듯이 우린 활짝 피어나 불러 노래

Set me free 다 던져 다 벗어던져 Let me be 난 이대로 있는 그대로

I, awake 누가 날 컨트롤 할 수 없어 난 Master 나의 master

내가 되고 싶은 건 Number one 아닌 only one

매일 매일이 치열한 Stronger 아닌 stranger

살아 있다 우린 꿈을 꾼다 우린

아름다운 우리 여기에 있다

온앤오프, <Beautiful Beautiful>

길을 걷다가 우연히 온앤오프라는 보이그룹의 노래를 들으며 깜짝 놀랐습니다. 청년들의 고민이 고스란히 노랫말에 담겨 있었기 때문이었죠. 세상이 짜 놓은 프레임에 나를 끼워 넣고는 힘들어 죽는 청년들, 미움받는 것

이 두려운 청년들. 내가 얼마나 기적 같은 존재인지, 내가 얼마나 존재만으로 아름답고 귀한 존재인지 몰라서 아픈 청년들. 사회가 정해놓은 무언가를 획득하려 밤낮 가리지 않고 고생하는 청년들의 이야기가 생각나기도 했었던 것 같아요. 부랴부랴 어떤 노래인지, 누구의 노래인지 찾아봤던 기억이 납니다.

그런 그들에게 이 순간에도 우리는 팽창하고 있는 우주라고, 미움받을 용기를 갖자고, 우리는 아름답고 기적 같은 존재라고, 우리의 삶의 모든 외침이 곧 예술이라고, 보란 듯이 활짝 피어날 거라고, 일등이 아니어도 세상에서 오직 하나뿐인 유일한 존재라고, 아직 살아있다고, 여기에서 꿈을 꾼다고 이야기하는 이 보이그룹의 이야기가 마음을 두드립니다.

노랫말을 누가 썼는지 찾아보니 그룹 멤버 중 한 사람인 와이엇이었습니다. 청년이 청년에게, 어쩌면 자기 자신에게 주문처럼 말한 것이 아닐까 하는 생각을 했습니다. 청년들을 자주 만나는 제 가슴에 이 노랫말은 콱 박혀버립니다. 제가 마주한 수많은 청년의 삶에 온앤오프의 노랫말을 품은 고민이 자리하고 있었던 까닭입니다.

"완벽하지 않은데 무엇을 할 수 있을까요?"
"부모님이 얘기한 진로가 정말 답일까요?"
"틀어진 관계가 저 때문인 것 같아요."
"아무리 공부해도 더 쌓아야 할 스펙이 남아 있어요."

"'네가 뭘 하겠어'라는 말이 끊임없이 들려요."

"저보다 더 잘난 사람들이 많잖아요."

"꿈이 밥을 먹여줘요? 꿈꿔도 되나요?"

"세상이 날 받아들여 줄까요?"

이들의 고민을 듣다 보면 이 고민을 할 수밖에 없는 그들의 상황이 너무도 이해가 됩니다. 그리고 그들 안의 상처도 보입니다.

"우린 더 어려운 시절도 살았어."

"그따위 정신 상태로 뭐가 되겠어."

"배부른 소리 하고 있네!"

"시끄럽고 공무원 시험 준비나 해!"

조언과 충고라는 이름으로 이렇게 비난받아온 그들의 삶이, 일등이 아니면 죄다 찌질이로 취급받았던 그들의 삶이, 아니 어쩌면 자신의 삶이 고스란히 상처가 되어 흉을 내고 다시 내 안의 어른 목소리로 나를 다그치고 있는 그들의 삶이 참 아픕니다.

오늘은 그런 청년들에게, 여전히 각박한 오늘을 최선을 다해 살아내고 있는 사랑하는 청년들에게, "빠빠롸빠라 빠빰"하며 온앤오프의 노래를 함께 듣자고 이야기하고 싶습니다.

당신 정말 아름다워요.

당신의 존재가 정말 존귀해요.

당신이 세상에 존재한다는 자체가 기적이에요.

오늘 누구보다 아름다운, 존재만으로 기적인 당신을

노래해보는 건 어때요?

다섯 번째 고민: 나는 왜 이 길에 서 있나

내가 가는 이 길이 어디로 가는지 어디로 날 데려가는지

그곳은 어딘지 알 수 없지만, 오늘도 난 걸어가고 있네.

사람들은 길이 다 정해져 있는지

아니면 자기가 자신의 길을 만들어 가는지

알 수 없지만 이렇게 또 걸어가고 있네

나는 왜 이 길에 서 있나 이게 정말 나의 길인가

이 길의 끝에서 내 꿈은 이뤄질까

지금 내가 어디로 가는 걸까

나는 무엇을 위해 살아야, 살아야만 하는가

GOD, <길>

20여 년 전, 노래 가사가 담고 있는 여러 가지 질문들을 흥얼거리던 어느 20대 청년이 있습니다. 그땐 흥얼거리던 노래가 어떤 가사를 담고 있는지 몰랐습니다. 해야 하는 학교생활, 해야 하는 공부, 옆에 있는 사람들, 코앞까지 다가온 취업의 압박. 그것이 다였지요.

맞아요, 제 이야기입니다. 청년 시절 저는 '길'을 몰랐던 것 같아요. 단순히 어디로 가야 할지를 몰랐던 게 아니라, 길이라는 게 있는지도 몰랐던 것 같습니다. 성적에 맞는 길, 세상이 정해준 길, 엄마가 가라고 하는 길, 그런 길들을 가면 된다고 생각했던 것 같아요. 아니, 그런 길들을 가야 한다는 생각도 없이 그저 제 앞에 그 길이 있어서 그냥 걸었던 것 같습니다. 등산하는 사람으로 치면 지도도 없이 그저 눈앞에 난 길을 걷는, 항해하는 사람이라면 바람 따라 물살 따라 배가 움직이는 대로 키를 움직이는 겁 없는 사람이었을 수도 있겠네요. 그렇게 생각 없는 사람과 겁 없는 사람 그 사이 어딘가에서 사는 청년이 바로 저였어요.

그런 제게 이 노래는 그저 가사가 좋았을 뿐, 제 삶에 가사를 적용할 수는 없는 노래였어요. 그런 상황의 제가 여러분은 상상이 되나요? 가끔 저는 그때의 제가 지금의 저를 코치로 만난다면 둘은 어떤 이야기를 어떻게 할까 상상하곤 합니다.

"코치님, 저는 잘살고 있어요. 눈 앞에 펼쳐진 길을 잘 가고 있는데, 굳이 어떤 길을 가고 싶다, 어떤 길을 가야 한다고 계획해야 할까요? 어떻게 살든 매 순간을 잘 산다면 저는 의미 있는 삶을 사는 것 아닌가요?"

아마도 그때의 저는 지금의 저에게 이렇게 얘기했을 것 같습니다. 그러면 지금의 저는 그때의 저에게 이렇게 얘기하겠죠.

"그렇게 생각하는군요. 멋집니다. 응원하고요. 그런데도 지금 여기에 저와 함께 있는 이유는 뭘까요? 이렇게 잘살고 있다는 상은씨가 지금 저를 만나러 온 이유는 뭘까요?"

그때의 저는 아마도 할 말을 잃을 겁니다. 그리고는 얘기하겠죠. '제가 진짜 잘살고 있는 건지 모르겠어요. 제가 가고 있는 이 길이 맞는 길인지 모르겠어요'라고. 마치 GOD의 노래 가사처럼요.

20년 전 '길'을 흥얼거리던 청년은 이젠 '길'을 만드는 삶을 살아갑니다. 청년들의 '길'을 응원하는 삶을 살아갑니다. 아니, 어쩌면 너무나도 절실하게 코치가 필요했던 2001년의 나를 응원하는 삶일지도요. 20여 년 전 GOD가 던진 이 질문들은 오늘도 여전히 묻습니다.

당신은 무엇을 꿈꾸나요?

그 꿈은 누굴 위한 것인가요?

그 꿈을 이루면 당신은 웃을 수 있나요?

지금 당신은 어디로 가고 있나요?

당신은 무엇을 위해 사나요?

당신은 어느 지점에 있나요?

당신은 어떤 인생을 살고 싶은가요?

당신의 인생은 어떤 의미가 있나요?

당신의 의미가 세상에는 어떤 의미인가요?

봄, 길 그리고 마지막 고민

"나 내일까지 사업자등록을 해야 하는데, 상호명을 뭘로 하면 좋을까?"

여러 가지 이유로 사업자등록을 해야 했던 시기, 제게는 이름에 대한 명확한 생각이 떠오르지 않았습니다. 굉장히 여러 날을 고민했었는데도 말이죠. 아마 한 1년은 고민한 것 같아요. 등록해야 하는 기일은 다가오고 혼자서는 고민을 해결할 수가 없겠다는 생각이 들자, 결국 하루를 남겨 놓고는 남편에게 SOS를 쳤습니다. 느닷없이 던지는 저의 질문에 남편의 고민이 시작되었습니다. 다음 날 아침, 남편은 잠에서 깬 제게 말합니다.

"'봄길' 어때?"

갑자기 봄길? 그게 무슨 뜻이냐 물었습니다.

"내가 밤새 당신이 하는 일을 키워드로 이리저리 검색해봤잖아. 그랬더니 정호승 시인의 '봄길'이라는 시가 있더라. 근데 이 시가 이야기하고 있는 게 당신 일이라는 생각이 들었어."

남편은 짧은 몇 마디를 던져 놓고는 이내 출근을 해 버렸고, 저는 급하게 '봄길'이라는 시를 찾아서 읽기 시작했습니다. 저는 길이 끝났다고 여겨지는 곳에도 길이 있고, 길이 되는 사람이 있다는 시의 첫 네 줄을 읽으며 '맞네. 내 일이네' 하는 생각을 했죠. 밤새 인터넷을 뒤져 이 예쁜 시를 찾아준 남편을 향한 고마움이 마음에 가득했습니다. 그런데 왠지 상호와는 어울리지 않을지도 모른다는 생각을 했어요. 하지만 이상한 일이 일어났습니다. 온종일 이곳저곳으로 코칭과 강의를 하러 돌아다니는 동안 내내 이 시구가 제 마음에서 계속 커지고 있었어요. 봄 같은 청년들이 계속 떠올랐고, 끝났다고 생각한 그 지점에서 다시 시작한 청년들의 이야기가 떠올랐습니다. 저를 스쳐 간 많은 청년이 실은 길이 끝나는 곳에서도 길을 만들어낸 사람들, 길이 끝나는 곳에서도 스스로 길이 되는 사람들이었다는 사실이 커다란 눈덩이가 되어 제 속에서 구르고 있었어요.

청년들의 꿈을 세우고, 소망을 깨우는 곳, 봄과 같은 청년들의 보이는 그리고 보이지 않는 길을 함께 보며 함께 걷는 곳, 함께 걸으며 소망과 비전이 자라나게 돕는 길, 그 길을 걷고 싶다는 소망으로 시작된 삶, 그리고 그렇게 살아낸 삶이 이렇게 <봄,길>이라는 이름으로 다시 시작되고 있었습니다. 저는 그날 집에 돌아오자마자 <봄,길> 사업자등록을 하였습니다. 제 첫 이름 "남상은", 고객들이 붙여준 두 번째 이름 "기적 코치", "미라클", 그리고 "봄,길"은 세 번째 이름이 되었습니다. 봄과 길 사이의 쉼표는 <봄,길>을 통해 청년들이 생기를 얻어 자신의 때를 누리기를 소망하는 저의 마음입니다.

첫 번째 이름은 제게 삶을 주었습니다. 두 번째 이름은 제게 처음으로 삶의 꿈과 소망을 갖게 했습니다. 그리고 세 번째 이름인 봄,길. 이 세 번째 이름은 제게 즐거운 고민을 안겨 주었습니다.

"기적 코치와 봄,길은 무엇이 다를까? 봄,길의 정체성은 무엇일까? 봄,길은 어떤 소망을 품을 것인가?"

그즈음 다시 읽게 되었던 책「내면 세계의 질서와 영적 성장」도 제게 말을 걸어왔습니다.

"기차역 광장 한쪽 끝에는 라운드 테이블이라는 커다란 기계 장치가 있었다. 그 장치는 그 큰 기관차들을 다양한 방향으로 돌리기 위해 만든 것이었다.... 할머니는 이렇게 말씀하셨다. '내 생각에는 하나님에게도 라운드 테이블이 있는 것 같단다. 하나님은 그분을 섬기도록 부르신 사람들의 진로를 바꾸기 위해 그것을 사용하시지. 하나님은 언젠가 너도 그분의 라운드 테이블에 두실 거야. 너는 네가 어떤 길로 가고 있다고 생각할 테지만, 그분의 라운드 테이블이 너를 다른 방향으로 보내실 거란다.'"

'하나님의 라운드 테이블에 나 역시 올려졌을 텐데' 하는 생각과 함께, '하나님은 봄,길이 어떤 방향으로 가기를 원하실까'라는 질문들이 새롭게 올라왔습니다. 30대 중반 큰 변혁을 맞이했던 저의 삶은 저의 즐거움뿐만 아니라 세상의 필요에 반응하는 일이었고, 제게 이 일은 어쩌면 부르심에 응답하는 삶이기도 했습니다. 그렇게 10년. 이제는 <봄,길>과 함께 할 40대 중반을 지나는 저의 삶이 다시 궁금해지기 시작했습니다.

"어떻게 부르시는가, 무엇으로 부르시는가, 어떻게 살고 싶은가,
어떻게 살 것인가?"

어쩌면 이 고민은 다가올 10년을 위한 고민인 것도 같습니다. 이 고민이 저의 길을 어디로 이끌고 갈지는 잘 모르겠습니다. 그러나 길이 끝나는 곳에도 길이 있다는, 길이 되는 사람이 있다는 정호승 시인의 이야기처럼 저의 길에도 소망이 있겠지요.

여러분의 길에는 어떤 소망이 보이나요?
보이지 않는 소망은 어떻게 보이는 소망으로 나타날까요?

성찰을
위한
질문

당신의 유일함은 얼마나 아름다운가요?

당신은 지금 하는 일을 왜 하고 싶은가요?

당신의 말과 생각에서 가치 있는 것들은 무엇인가요?

당신의 고민 속에는 어떤 가능성과 잠재력이 담겨 있나요?

당신의 경험들 속에는 어떤 맥락이 흐르고 있나요?

당신은 어떤 사람으로 존재하고 싶은가요?

당신이 당신의 삶에서 중요하게 생각하는 것은 무엇인가요?

당신의 아름답고 놀라운 모습은 무엇인가요?

당신은 당신의 삶의 프레임을 어떻게 짜고 싶은가요?

당신은 지금 어느 지점에 있나요?

당신은 지금 어디로 가고 있나요?

여러분의 길에는 어떤 소망이 있나요?

코칭에 관심있는 독자들을 위한
추천도서 10선

코칭바이블 게리콜린스 / 양형주, 이규창 역 / IVP

코칭의 기초부터 시작하여 코칭 기술, 코칭 과정을 상세하게 기술하고 있고 코칭의 철학과 관점, 코치로서의 태도 등 코칭의 모든 요소를 체계적이고 상세하게 담고 있습니다. 코칭을 처음 시작할 때에는 입문서로, 코칭 전문가에게는 성찰과 점검의 도구로 활용할 수 있어 코칭을 하는 사람이라면 반드시 늘 옆에 두고 때때로 꺼내 봐야 하는 책 중에 하나라고 할 수 있습니다.

코칭의 정석 이동운 / 뷰티플휴먼

제대로 된 코칭 입문서로 코칭을 시작하는 사람들에게 자주 추천하는 책입니다. 코칭의 기본에 대해 구체적으로 기술하고 있고, 코칭을 전혀 모르는 사람도 알기 쉽도록 친절하게 설명한 책입니다.

떠도는 마음 사용법 이석재 / 플랜비디자인

청년뿐만 아니라 현대인들이 하루에도 몇 번씩 경험하는 답답함, 욱하는 기분 등의 감정을 인지과학과 신경과학 이론을 바탕으로 설명하고 있습니다. 특히 사람들의 가장 큰 고민 중의 하나이기도 한 '잡념'에 관해 '떠도는 마음'이라고 정의하면서 자신이 가장 원하는 것을 확실히 아는 방법을 이야기하고 있죠. 실제로 고객들을 만나보면 원하는 것을 실행하는 것과 관련하여 '잡념'에 관한 다양한 이슈를 가진 것을 볼 수 있는데요, 이 이슈에 관한 이해와 실행을 돕는 데 도움이 되는 책입니다.

코칭핵심역량 박창규, 원경림, 유성희 / 학지사

코칭에 관한 기본적인 내용(정의, 철학, 패러다임 등)에 대해 소개하고 있고, 8가지 코칭 핵심역량을 구체적이고도 체계적으로 안내하는 책입니다. 각 역량의 개념과 실행 지침, 코칭에서의 적용 방법 등을 기술하고 있어 코칭 역량에 관한 이해와 실행을 돕는 책입니다.

인지적 코칭 Arthur L. Costa, Robert J. Garmston, Carolee Hayes, Jane Ellison / 김평국 역 / 아카데미프레스

교수/학습 및 자기주도학습을 위한 코칭 방법 이해에 도움이 되는 책이며, 단순히 학습 코칭 뿐만 아니라, 코칭 과정에서 실행 설계, 원하는 목표에 도달하기 위한 학습 설계, 실행 원리에 관한 이해를 돕는 책입니다.

굿퀘스천 아와즈 교이치로 / 장미화 역 / 이새

후배코치들이나 제자들이 흔히 하는 질문 중에 "어떻게 하면 질문을 잘할 수 있나요?"라는 질문을 많이 받게 되는데요, 이 질문에 저보다 더 정확하게 대답해 주는 책입니다. 사실 가장 좋은 질문은 경청에서 나오지만, 이 책은 좋은 질문의 유형과 좋은 질문을 하기 위한 요령, 좋은 질문을 새로 만들어내는 방법 등을 알기 쉽게 안내합니다.

파라슈트 리처드 볼스 / 조병주 / 한국경제신문

이미 40년 이상 개정판을 출간한 것으로도 증명되듯, 이 책은 커리어 코칭을 하는 사람이라면 반드시 봐야 하는 책입니다. 자기만의 독특한 소질과 흥미, 강점 기술 등을 발견하도록 도우며, 네트워킹의 활용, 이력서와 면접, 협상에 이르기까지 진로 결정과 구직의 처음부터 끝까지를 상세하게 알려줍니다. 또한, 나와 직업 간의 불일치를 줄이고 선택지를 넓히는 방법들을 소개하고 있습니다.

한국형 정서코칭을 말한다 하영목 외 11인 / 북코리아

커리어 코칭이든 학습 코칭이든 라이프 코칭이든 코칭을 하다보면 그 대상자가 누구든지 실행할 때 정서적 이슈가 자주 등장한다는 것을 볼 수 있습니다. 이 책

은 왜 정서 코칭이 필요한지 철학적이고 논리적인 관점으로 살펴보고, 각각의 코칭 영역에서 정서를 어떻게 다뤄야 하는지 사례를 들어 설명하고 있습니다.

자존감의 여섯 기둥 너새니얼 브랜든 / 김세진 역 / 교양인

현대인들의 고민과 이슈에는 자기개념과 관련된 부분들이 많습니다. 특히 청소년들과 청년들은 더 말할 것도 없죠. 이 책은 의식적으로 살기, 자기 받아들이기, 자기 책임지기, 자기 주장하기, 목적에 집중하기, 자아 통합하기 등의 여섯 가지 실천이 자존감의 여섯 기둥이라고 소개하면서 건강한 자기로 살아갈 것을 제안합니다. 코치로서의 자신과 타인을 이해하는 데에 도움이 됩니다.

내면 세계의 질서와 영적 성장 고든 맥도날드 / 홍화옥, 김명희 역 / IVP

이 책은 삶의 본질을 되돌아보게 합니다. 사람들을 돕는 삶을 사는 코치들이 삶의 동기를 점검하고, 영적인 힘과 지혜를 기를 수 있도록 안내하며, 내면의 힘을 키울 수 있는 구체적이고도 실제적인 방법을 소개합니다.

코치 자격에 관한 간략한 소개

한국코치협회에서는 코치의 자질을 높이고, 올바른 코칭을 보급하고자 하는 목적으로 역량 있는 인재들이 엄격한 자격시험을 통해 전문코치로의 자격을 획득할 수 있도록 코칭 인증제도를 시행하고 있습니다.

인증코치 자격은 KAC Korea Associate Coach, KPC Korea Professional Coach, KSC Korea Supervisor Coach의 세 종류가 있으며, 인증시험에 지원하는 방식은 크게 ACPK Accredited Coaching Program in Korea 방식과 포트폴리오 방식이 있습니다. ACPK 지원은 한국코치협회가 인증하는 프로그램의 수료자들이 지원하는 방법이고, 포트폴리오 지원은 ACPK를 수료하지 않았으나 한국코치협회가 요구하는 역량과 윤리 수준을 갖춘 코치들이 별도로 지원하는 방법입니다.

ACPK 지원을 위해서는 각각의 자격마다 필요한 교육 시간과 코칭 시간이 있는데요, 오른쪽의 표를 참고하시면 되겠습니다.

포트폴리오 지원은 ACPK 지원과 유사하지만, 별도의 코칭 녹음파일을 제출해야 한다는 점, 응시료가 ACPK 지원과 비교해 비싸다는 점에서 차이가 있습니다. 포트폴리오 지원은 한국코치협회에서 인증받은 프로그램은 아니지만 코칭과 관련한 양질의 교육을 제공하고 있는 기관이나 학교에서 운영하는 20시간 이상의 과정에 참여하셨다면 지원할 수 있습니다. 각자의 상황에서 적절하다고 생각되는 방법으로 지원하시면 될 것 같아요.

	KAC	KPC	KSC
교육시간	20시간	60시간	150시간
코칭시간	50시간	200시간	800시간
멘토코칭받기	-	5시간	10시간
1:1 코치더코치 받기	-	5시간	10시간
필기시험	실시	실시	에세이 제출
실기시험	실시	실시	실시

더 자세한 내용은 한국코치협회의 홈페이지(www.kcoach.or.kr)의 '자격인증' 카테고리에서 확인하시길 바랍니다.

남코치 운영 프로그램

1. 10대 자녀의 학습과 진로를 위한 부모학교 (2시간 × 4주)

10대 자녀의 학습과 진로를 위한 부모학교는 진로학습 유형검사를 통해 자녀의 고유성과 독특성을 알아감으로써, 그에 따른 진로와 학습을 설계하는 것을 돕고자 하는 부모를 위한 소그룹 코칭 프로그램입니다. 대학에서 청년들의 진로와 학습에 대한 고민을 들으며 그들의 10대 시절에 해결하지 못했던 과제가 있음을 발견하였고, 그로 인해 청소년들의 진로와 학습을 연구하고 고민하는 여정에서 시작되었습니다.

과정 내용

1) 부모의 성격유형과 교육유형
2) 부모의 역할
3) 자녀의 진로학습 성격유형
4) 자녀에게 필요한 학습 및 진로 지도 전략
5) 자기주도학습을 위한 코칭 대화 전략
6) 부모로서의 정체성

이런 분들께 추천합니다!

자녀의 학습 성격유형과 심리상태 등을 알고 싶은 분
우리 아이, 공부는 열심히 하는데 성과가 없다 하시는 분

공부와는 거리가 먼 것 같은 자녀가 걱정되시는 분

자녀의 고유함과 독특함을 발견하고 싶은 분

2. 크리스천코칭 (20시간)

크리스천코칭 과정은 국제크리스천코치협회 International Christian Coach Federation, ICCF 의 필수 과정으로, 하나님과 사람을 알고 사랑하는 코치들이 양성되어 세상의 필요를 향해 함께 나아가기를 소망하는 비전을 담아 만들어진 코치 양성 프로그램입니다. 크리스천코칭 과정은 '크리스천 코치에게는 하나님이 코치의 존재 중심에 계시고 모든 코칭 과정의 안내자가 되신다'는 믿음으로 운영됩니다. 일정과 방식은 상황에 따라 조정될 수 있습니다(예: 4시간씩 5일, 3시간씩 7일, 7시간씩 3일 / 온라인, 오프라인 등).

과정 내용

1) 크리스천 코칭: 아주 특별한 대화

2) 크리스천 코치: 아주 특별한 선물

3) 크리스천 코치의 역량과 기술

4) 크리스천 코칭 프로세스: THANKS 모델

5) 크리스천 코칭의 힘: Big Agenda 찾기

6) 1:1 코칭과 Hot Seat 실습

7) 크리스천 코치의 삶

이런 분들께 추천합니다!

크리스천 코칭에 대해 알고 싶은 분

주위 사람들을 더욱 잘 돕고 싶은 분

목사, 선교사, 간사, 공동체 리더 등 다양한 사람들을 만나 이야기를 듣게 되는 분

코칭적 관점을 가지고 싶은 상담자

3. 미라클라운지

함께 산책하며, 커피를 마시며, 브런치를 즐기는 등 참여자가 원하는 방식으로 삶의 이야기를 풀어가는 1대1 코칭 프로그램입니다. 경제적으로 어려운 청년들의 경우 남코치의 기여로 진행됩니다.

4. 패밀리코칭 과정 (20시간)

아하코칭센터의 FT로서 진행하는 코칭 과정으로 한국형 가족성장을 위한 코칭 프로그램이며, 일과 삶의 균형 및 질 향상을 위한 패밀리/라이프 전문코치를 양

성하는 프로그램입니다. 이 프로그램을 통해 패밀리 코칭의 패러다임을 확인하고 가족 시스템과 코칭 모델을 습득할 수 있으며 가족 코칭 대화와 코칭 기법을 익힐 수 있습니다.

5. 봄,길 커리어코칭 과정

2030 청년들을 위한 소그룹 커리어 코칭 프로그램으로, 자기인식 및 자기 분석, 자기개념 탐색, 진로 경로 탐색 등을 통하여 자신의 진로 방향성을 결정하고, 결정한 진로 방향으로 나아가기 위한 학습 및 경로를 설계합니다.

셀프코칭 레시피

삶을 살면서 무엇을 해야 할지, 어디로 가야 할지 모르겠는 때를 종종 만납니다. 가장 빠르게는 중학교에서 고등학교로 진학하는 시기이기도 하고요, 고등학교에서 대학이나 사회로 진입하는 때이기도 합니다. 대학에 진학한 이후에도 전과나 편입 등의 이슈로 자신의 진로 방향을 고민하기도 하고, 직장에 취업하기 위해 고민하기도 합니다. 어렵게 취업을 했지만, 이직을 놓고 고민하게 되는 경우도 비일비재하지요. 그럴 땐 이 질문에 한 번 대답해볼까요?

- 진로, 진학 등 나의 커리어 방향이 어디이든, 내가 커리어를 통해 획득하고 싶은 가치있는 것은 무엇인가요?
- 나는 어떤 삶을 살기를 원하나요?
- 나의 즐거움은 어디에 있나요? 내가 즐거워하는 것의 목록을 작성해봅시다.
- 위에서 이야기한 나의 즐거움은 취미로 획득할 수 있는 개인적 즐거움인가요, 누군가에게 기여할 수 있는 사회적 즐거움인가요? 각각의 즐거움을 개인적 즐거움과 사회적 즐거움으로 구분해보세요.
- 내가 잘하는 것은 무엇인가요?
- 성과를 낼만큼 잘했던 것은 무엇인가요?
- 그때 내가 주로 행했던 행동들은 무엇이었나요?
- 나의 성격적 강점은 무엇인가요?

- 가치관, 원하는 삶, 사회적 즐거움, 강점스킬 및 성격적 강점을 종합해볼 때, 무엇을 할 때 가장 만족감이 높을까요?
- 그것을 위해 준비한다면 얼마만큼의 시간, 재정, 어떤 노력이 필요할까요?
- 재정을 확보하는 방법에는 어떤 것들이 있나요?
- 각각의 방법과 노력을 시간의 흐름 속에 순서대로 배치해보세요.
- 각각의 방법과 노력을 언제 시작하여 언제 마칠 건지, 어떤 방식으로 수행할 것인지 구체적으로 작성해보세요.
  언제, 어디에서, 어떻게, 누구와 함께 혹은 누구의 도움을 받아서 할 수 있을지 아주 세세하게 작성해보세요.
- 수행했다는 것을 어떻게 점검할 건가요? 혹시 이 모든 과정을 동행해주고 점검을 도와줄 사람이 있다면 누구인가요?
- 수행 중에 예상되는 장애물은 무엇인가요? 그 장애물은 어떻게 극복할 수 있나요? 장애물을 극복하기 위한 나의 강점은 무엇인가요?
- 계획대로 수행한다면 나에게는 어떤 결과가 있을까요?
- 그 결과를 경험하는 나는 어떤 기분일까요?

2. 학습 설계를 위한 셀프 코칭

바야흐로 평생학습의 시대라는 말을 굳이 하지 않더라도, 우리는 많은 순간 학습을 합니다. 그런데 어떻게 학습해야 하는지, 때론 시간 관리가 잘되지 않는다며, 때론 공부할 이유가 뭔지 모르겠다며 코칭을 받으러 오는 사람들이 많았습니다. '공부의 신'이 가르쳐 준 학습방법을 다 써먹어 봤는데도 잘 안 된다는 사람들도 많았고요. 어쩌면 우리는 나에게 맞는 방법과 절차가 무엇일까를 먼저 고민해야 하는 것이 아닐까요? 학습이 고민이라면 이 질문들에 답해 봅시다.

- 내가 학습하는 목적은 무엇인가요?
- 나는 무엇을 위해 학습하고 싶은가요? 학습을 통해 도달하고 싶은
  목표는 어디인가요?
- 지금 하려는 학습을 통해 궁극적으로 얻고 싶은 것은 무엇인가요?
  이 학습을 통해 나의 삶의 무엇이 어떻게 달라지리라 기대하나요?
- 어떤 마음이나 생각이 나의 학습을 방해하고 있나요?
- 방해하는 마음이나 생각 대신 내가 갖고 싶은 마음이나 생각은
  무엇인가요?
- 이 학습을 통해 얼마 만에 성과를 내기를 원하나요?
- 성과를 내기를 기대하는 때로부터 며칠이 남았나요?
- 도달하고 싶은 학습 목표는 어디인가요? (성과)

- 목표에 도달하기 위한 학습활동은 구체적으로 어떤 것들이 있나요?

- 그 목표를 이루기 위해 나의 삶에서 얼마만큼의 에너지를 투입하고
  싶은가요?

- 일주일은 168시간입니다. 내가 투입하고 싶은 에너지를 시간으로
  환산한다면 몇 시간 정도 될까요?

- 시간과 그에 맞는 학습활동을 일주일의 시간표에 배치해보세요. 목표 도달
  날짜를 기준으로 D-day 스케줄 표를 만들어보는 것도 좋습니다.

- 나에게 적절한 학습방법은 무엇인가요? 내가 학습이 잘 되는 시간은 언제
  인가요? 학습이 잘되는 환경은 어디인가요? 내가 언제, 어디에 있을 때, 어
  떤 방법으로 학습했을 때 학습이 잘 되었는지 생각해보세요.

- 우리의 몸은 24시간 내내 작동될 수 없습니다. 충전이 필요하죠. 나는 얼마
  에 한 번, 얼마 동안 충전하면 완충이 될까요? 나만의 충전 방법은 무엇일
  까요? 이때 적절한 충전 방법은 그것을 하고 나면 개운하고 힘이 나는 활동
  입니다. 나를 개운하게 하고, 나에게 힘을 주는 활동은 무엇이 있을까요?

- 나는 내가 학습했다는 것을 어떻게 확인하고 점검할 수 있나요? 나의 학습
  을 도와줄 사람이 있다면 누구인가요?

- 계획했던 대로 하지 못하게 하는 장애물은 무엇이 있을까요? 그 장애물은
  어떻게 극복해 볼래요? 장애물을 극복하기 위한 나의 강점은 무엇인가요?

내 마음을 기록해 봅시다.

커리어 코치도 커리어가 고민입니다

초판 1쇄 인쇄 2023년 12월 1일
초판 1쇄 발행 2023년 12월 4일
지은이   남상은
기획   정강욱 이연임
편집   백예인
디자인   서희원
출판   리얼러닝
주소   경기도 파주시 탄현면 고추잠자리길 60
전화   02-337-0333
이메일   withreallearning@gmail.com
출판등록   제 406-2020-000085호
ISBN   979-11-984424-1-3
KOMCA 승인필